刻々
时时
[日]宫本百合子 著
甘瑶 译
刻刻

文化发展出版社
Cultural Development Press
·北京·

根据新日本出版社
「宫本百合子全集」1979年版译出

在生活的狂澜里,作为女人,
哪怕只是想要实现一个微小的愿望,
也必须拥有不逊于任何时代的、
不被世界的混乱吓倒的勇气和坚强的意志。

目录
もくろく

爱	乳房	贫穷的人们	时时刻刻
愛	乳房	貧しき人々の群	刻々
- 001 -	- 041 -	- 115 -	- 243 -

心河	青春	时代与世人	杏之若叶
心の河	青春	時代と人々	杏の若葉
- 005 -	- 099 -	- 225 -	- 329 -

爱

愛

爱，是从什么时候开始出现在人类社会中的呢？我想，提出"爱"一词的那个时期，应该是人类历史上一次伟大飞跃。毕竟，人类以外的生物，虽然也可以感知爱、为了爱而行动，却无法根据爱的外化总结出一套爱的观念。

爱，是从什么时候开始成为人与人之间误解、欺骗的媒介？爱，又是从什么时候开始成为近代伪善和自我欺骗的符号？下流的文人用它哄骗天真的读者，在讲坛上高喊它煽动战争；浪迹花丛的男女无时无刻不在低声说爱，无比轻浮的字眼却成了致命的诱惑。

"爱"这个词，真的应该承受如此虚伪而又轻浮的对待吗？

"爱"这个词出现时，人类就注定迎来一场悲剧。人们愈是疯狂呼喊爱，这世间就愈是充斥饥饿与寒冷，人情更加淡漠，阶级矛盾更加尖锐，不合情理的事也越来越多。

我爱着"爱",所以我想要把它从这引人沉沦的纷繁世界中拯救出来。

那么,我要怎么做呢?我的方法是,从第三方视角来对待爱。憎恨一切违背人性的事物,憎恨一切不合人伦的道理,直至憎恨欺骗本身。如果爱真正存在于心中,我们为什么要如同漫画中的人物那样,双手合十,跪地望天,向一些根本不存在的东西祈祷呢?这个社会不应容许不合情理的事物存在,人人都应凛然地憎恨"应该憎恨"的事物。如果心灵失去这样憎恨的力量,爱又怎么能维持呢?

我们生存在这个复杂的社会,总是不由自主地渴望着"爱",渴望着幸福,但此刻,我不想再自欺欺人了。就算爱是神圣的,可当这世上再也不存在纯粹的愤怒、憎恶和实际行动时,爱又算得了什么呢?当你身处现代社会,千万不要忘记这一则冰冷的事实,那就是:爱,也具有阶级性。

〔一九四八年二月〕

心河

心の河

一

庭院里生长着丝柏、罗汉柏、珊瑚树、杉树等常青植物，一片绿意盎然。初夏的阳光洒在地面上，低矮的八叠[1]大房间此刻仿佛沉入了长满青藻的海底，如梦似幻。

佐代独自坐在这间冷冷清清的房间里，陷入了沉思。她是在独自吃完午饭后，突然被那个东西占据了思绪——燕麦。女仆回国已经十天了，她每天早晨都会为佐代和佐代的丈夫准备面包、红茶和温泉蛋。每天都是同样的套餐，佐代开始思求改变。正当她在脑海中搜寻各种各样的味道时，燕麦闯进了思绪，于是

---

[1] 日本传统以榻榻米的大小来计算室内面积，一叠相当于1.62平方米。

她突然变得无比想吃燕麦片起来。

但是，郊外的那间小店是做不出什么好吃的味道的，佐代嘀咕着，心里暗暗打算。

"让丈夫下班路上买一点回来吧，他去银座也方便。"

不过，佐代心里清楚，自己的丈夫随着年纪渐长，身体也越来越疲乏了。而且，他对食物根本没有什么追求。比起在拥挤不堪的地铁站特意换乘跑一趟下町[1]就为了买罐燕麦片，他更愿意在附近的便利店将就一下，吃半个月的面包也不成问题。

从佐代的小庭院放眼望去，沙尘遮不住的各种亮丽色彩映入眼帘，展现在面前的仿佛是一幅银座和日本桥周边五月时节的全景图。找一个晴朗的日子站到日本桥上，可以观赏到河面涟漪泛起，两岸的房屋鳞次栉比，在浅蓝色天空的映衬下更加美不胜收。一辆轻快的法式轿车驶过村井银行，西川布店的红色旗帜在飘扬，和煦的春风吹过东京每一条街道，一切都美

---

[1] 下町是都市中的低洼地区，在东京特指下谷、浅草、神田、日本桥等老城区。

得如同一幅印象派油画。佐代穿着轻薄的衣服打着阳伞，漫无目地在大街上走走看看。一路从平塚来到市中心是为了买一罐燕麦片，这对佐代来说完全正当。为了这罐燕麦片，她可以花费大半天的时间在东京街上四处寻找。但因为家里没人，她的这趟"远征"还是少不了要有一些顾虑。心情就像春季的阴天，被漫天的乌云笼罩了。

佐代起身拿出了一个织物袋。她坐在廊下的藤椅上，从口袋中拿出银灰色的丝线和尖锐的金属针，迎着灿烂的阳光，开始为祖母缝织披巾。

那一天，丈夫比平时晚了一点回家。

暮色四合，独自在家的佐代感到自家灯火通明的房子在这茫茫的乡野中仿佛一盏孤独的灯笼。尽管门窗紧闭，她却依然感到一种似乎正被人从外面窥视着的不安。连她自己在厨房弄出的声响在这样的安静里都格外刺耳，她看到玻璃上映出的自己的脸，充满了恐慌和疑惧。佐代就这样神经紧绷着，开始准备简单的晚饭。

所以当丈夫的声音从玄关处传来时，可想而知佐代有多庆幸，她就像终于走完了钢索一般松了口气。

佐代急忙走出厨房,去门口迎接丈夫——

"欢迎回家。今天回来得有点晚了呢。"

这是从早上开始佐代第一次开口跟人说话,她心里涌上一股暖流,感觉自己此刻有说不完的话。

"今天做什么了吗?"她问道。

"啊,今天突然有点事去伊东屋那边了,所以晚了一点。那边现在可真是热闹啊。"丈夫回答。

"去银座了吗?"她看着正在脱鞋的丈夫的背影,心里已经感到遗憾了,"你去银座的话我让你帮我带东西的。"

果然丈夫说:

"噢!什么来着?没事,我下次再去。"

说着,他突然从黑革公事包后面拿出了一个纸包,"我买了这个。"

上面可以看到明治屋的商标,佐代笑着说:"我来猜猜你买了什么。"

她的丈夫——保夫随手把自己的外套挂了起来,走进了客厅。

"你一定猜不到。"

"让我猜猜吧!"

佐代说出了一个绝对不可能的答案:"燕麦片,两罐。或者有一罐是别的东西。"

保夫回头看着佐代,说:"真狡猾啊,你是不是摸了?"

"没有,我才不会做那种事,"佐代反而一脸惊讶,她急忙追问丈夫,"不过,我真的猜中了吗?"

"你直觉挺准,确实是两罐燕麦片。"丈夫回答。

"啊……"佐代惊呆了,这完全出乎她的意料,她本以为丈夫肯定会给出否定的答案。

"我是真的很想要这个燕麦呢。"她告诉丈夫。比起自己竟然真的猜中了,丈夫今天特意买了燕麦片这件事更让她感到意外。

她疑惑道:"今天早上我说什么了吗,关于燕麦的?"

"没有,什么都没说,"保夫得意地看着自己的妻子瞠目结舌的表情,自信满满地说,"这点事情,一看就知道了。我还不了解你吗?都写在脸上了。"

晚饭后,佐代在厨房收拾着。为了准备明天的早餐,她将绿色的双层锅放在灶台上,锅里是丈夫买回来的燕麦片。佐代坐了下来,两只胳膊肘撑在料理台上，一边望着锅里的食物，一边陷入了沉思。

如果是半年前的话，遇到这种事情的自己该有多开心啊。看到丈夫在这些生活琐事上也与自己如此心意相通，她一定会感叹爱情的微妙。不过，现在的她已经不会这么想了。

如今，她绝不会被这样的事情冲昏头脑。这些偶然的巧合，终归是巧合，而不是什么命中注定。这不过是家庭琐事之一，不过是千家万户司空见惯的事。但不得不承认，佐代确实从这样的事情里感受到了一些爱意和温暖。人类是多么渺小啊，但每个人又是那么用力地活着，匆忙的生活里还发生着如此这般的惊喜事件，它让佐代对自己和丈夫的生活更加充满信心。

煮沸的锅里冒出了热气，从丈夫的书房里传出了清晰的打字机的声音，仿佛一首乐曲回荡在耳边。

佐代在厨房里忙碌着，她突然想起平日里喜欢的一首歌来：

> 走过箱根路遇见伊豆的大海，
> 海上的小岛随波浪远去。

我们的生活正如这片海上的小岛,远远望去在大海里浮沉着,却又坚定地,平静地,始终在那个地方,不曾改变。

二

那是在不久之后的某一天,佐代的丈夫邀请了朋友一起吃饭。佐代旁边是丈夫,对面是丈夫的朋友。刚拿起筷子,保夫突然发出了一些奇怪的声音,"嗯?嗯?嗯?"他看着自己的妻子,似乎在询问着什么。

佐代看了看丈夫,一脸了然,说:"好了好了,我知道了。"

原来是保夫用筷子蘸了蘸小钵里的酱汁,然后便支吾了几声。而佐代瞬间就明白了丈夫是在问这道菜是不是得蘸着酱吃。

保夫的朋友隔着桌上的金莲花瓶看着对面的两人,神情疑惑,他问道:"什么?怎么了?"

听了保夫的解释,他才明白过来,不由得为这对夫妻折服。

"不愧是夫妻啊,这要是让我猜绝对猜不着!你们夫妻俩感情真好!"

佐代笑了笑,没有说话。这位朋友是单身人士。他说的话无论是嘲讽、祝福还是羡慕,佐代都不知该如何回答。尽管他那句"夫妻感情好"绝对没有恶意,但每次听到这种话,佐代的心里总是涌上一阵悲伤。

外面月色如水,佐代夫妻俩把朋友送到了停车场。回家路上,抬头便看到一轮明月。或许是空气潮湿的缘故,明月周围笼上了一圈慵懒而松散的淡金色光晕。柔软的月晕边缘,点缀着一颗璀璨的星星。一路上闻着栗树的馥郁芬芳,踩着月夜里榉树的树影,初夏的夜晚融化、凝固在明月与星辰里,用它独有的氛围为行人开辟道路。佐代感到自己脚下似乎生出一种磁力,牵引着她跃上月球。保夫今天没有戴帽子,他拄着一根轻便的手杖,大步走在妻子身边。此刻的他感到一种平静的幸福,心里还在回味着刚才跟朋友谈论的话题。今日,朋友从头到尾都在说婚姻生活的事。也许是对自己未来婚姻的预想和企盼,也许是对熟人的婚姻的感慨,他总是以"你们的婚姻真好啊,可以说是完美了""夫妻就是要以心传心"这样的话来收尾。在停车场分别的时候,这位朋友还专门转身向他们喊道:"下次见面时,你们也要像今天这样幸福呀!"

沿着橡树和栗树的篱墙前行,渐渐转入一条长满杂草的乡间小路。往左转,是洒满月光的河面,往右转,透过一棵棵杉树可以看到广阔的大片耕地。月光皎洁,孤星闪耀。置身此情此景中,保夫不由得感叹道,在如此美妙的夜晚,他的那位朋友却依然只能一个人孤零零地借酒消磨时光。

"真的找不到人一起吗?你们明明有那么多朋友,山岗说这样的话是认真的吗?"佐代失神了一般地说。

"是啊。"保夫沉默了。在这般静谧的月夜里,他想吹声口哨似乎也显得不合时宜。佐代似乎没有察觉到自己此刻的步调如同踏着星光的行板,她在心里来回琢磨着一件事情——山岗挂在嘴边的"以心传心",究竟有什么含义呢?

粗粗回想一下,自己的生活中这样的事可不少呢,就比方说前几天燕麦片的事。不仅仅是这一件,生活中的很多琐事，夫妻俩总是只用三言两语就能给对方交代清楚。从严格的语句规律上看，那三言两语绝对称不上完整表述，只是稍微地暗示了一下心意，却又"恰到好处"地补充了含义，似乎只凭直觉就清楚地了解了对方的需求。佐代这样想着，感觉到生命的太阳在不断回响着的两条和谐交错的心河上升落。我们生活的实体，除了一起吃饭、散步、睡觉，在深处还有更为神秘的含义。她想，如果世界上没有语言，他们会是什么样呢？他们的直觉究竟能触达多少真实呢？她的丈夫真的可以体察她的内心吗？对于她的感情和欲望，他真的了解吗？

佐代以迄今为止从未有过的自觉，开始往自己与丈夫的心灵深处遨游。她潜入不知不觉间流向生命大海的两条心河河底，将那潮起潮落、停滞沉淀、旋涡狂卷的景象一一看过。

看过了如水月色，回到家时望着那赤黄的带着暖意的灯火，不由得心惶惶然。保夫刚进门就说回到家感觉有点闷，他向妻子讨了一杯冰镇麦茶。佐代从容地给他端了过去，看着他仰头喝光了杯中的茶，露出了浅浅的微笑。今夜，她悄悄建造起了一座心灵瞭望塔。看着丈夫大口大口喝着麦茶,佐代仿佛窥见了他的内心。这时,保夫疑惑了:"怎么了,你在笑什么?"

佐代只沉默着,眼里满是笑意。她就像小孩子藏起自己的玩具一般,心里默默地做着自己的打算。

三

从保夫的角度来看,最近的佐代似乎变成了一个特别细心的妻子。

她总是能轻易地觉察到保夫尚未说出口的愿望和需求,一旦帮保夫实现,她就会开心得不得了。一般来说,妻子是这样的——丈夫开心了,自己就开心。佐代最近好像也有了此等觉悟。而对佐代来说,当保夫拿着她准备好的欧德科龙[1],说:"噢!家里有啊,我最近还想着一定要买呢。"——自己的直觉又一次灵验——就是她最开心的时刻。

---

1 原文作"オー・ド・コローン",具体意思不详,可能是一种燕麦片品牌(燕麦的别称为"オート")。

渐渐地,每当保夫要说些什么的时候,佐代就会争着开口:"等一下!不要说,不要说!"晚饭后到八点钟,一般是两人的固定谈话时间。有时他们会并排坐在廊下,有时会一起在院子里散步。这一天,佐代又一次打断了谈话,她惊叫道:"等等!等一下!"

保夫双手叉着腰,一脸惊讶地看着自己的妻子,不解道:"为什么?"

"让我先说,"佐代盯着自己丈夫的脸说,"我知道你要说什么,你老实告诉我猜得到底对不对,可以吗?"

于是,佐代煞有介事地摆出一副认真的模样,"某某省某某课书记官谷保夫,现在要开始说他的表弟工作的事情。"她像是开玩笑一般点明了保夫的想法。保夫没当回事,苦笑着骂了一句:"傻子。"任由佐代又摸透了他的内心。而佐代表情异常严肃,仿佛能看到她的头脑正在疯狂运转。她反复地向丈夫确认:"不对吗?我说错了吗?一点都没对吗?"她焦急得几乎要失控了,保夫却依然只是大笑着,揶揄她说她像个傻瓜。佐代无奈地挠了挠额头,接受了失败。本来猜这些也只是茶余饭后的小游戏,不用太放在心上。不过转念一想，虽然每次保夫十有八九不会否定他的猜测，但也从来没有明确地承认过。他总是笑着说："既然你是这么想的，那就这样做吧。"

当这个游戏被保夫主导时，佐代就完全失去了热情和快乐。

她就像在跟丈夫点单。

这天保夫一边抽着烟，一边貌似随意地问："昨天我跟吉村先生说话了，你猜我对他是什么感觉？跟铃木先生有什么不同？"

"怎么感觉我好像在做练习？"佐代嘟囔着，"对吉村是什么感觉，太笼统了，这也能叫问题吗？"

不过她为了让丈夫不失去兴趣，很努力地想了想，然后回答说："吉村先生和铃木先生都是实业家吧，不过他们做实业的动机却完全不同，这个……"她还没说完，保夫就打断了。

"跟这个无关，"他接着说，"首先，男人看待男人的方式，和女人看待男人的方式是不同的。"

"真讨厌。"佐代稍带苦闷地笑了笑。

"猜错了就重新猜。我提示一下，这两个人的性格是不是完全不一样？那么，我对他们的性格差异会产生什么感觉呢?"

"嗯,到底是什么呢?铃木先生是个有点神经质的人,喜欢钻牛角尖,心里一有事情就睡不着觉。而吉村先生完全相反,他心胸非常豁达,即使做生意赔了大钱也依然乐呵呵的,这是他的优点。"佐代一脸不满地看着自己的丈夫,不肯放弃地继续说着。

"这跟我要说的毫不沾边啊。"保夫说。

"可他们俩的性格就是这样啊,事实如此我还能怎样?"佐代陷入了沉默之中。她有一种说不出的无力和孤独感。就像全力射出一箭,在紧要关头靶子却倾斜了,于是箭也落空了。至少要猜个大概吧,佐代想,就算答案错误也没关系,只是一定要明白,错误是因为没有基于"因为是你所以就会这么想"的思维判断而产生的。

"这种空洞的分歧,你就一点感觉都没有吗?"佐代心底一凉,震惊地回头看着丈夫的脸。

最开始这个小游戏是佐代怀着轻松愉悦的心情来玩的,然而随着时间流逝,随着她不断挖掘内心,开始掺入了更多复杂的感情,甚至变得有几分残酷。对于丈夫这个被模糊地认定为"好人"的人,佐代似乎得到了一种机会去审视他更细微的性格特点。父母曾叮嘱过,寻找伴侣时第一个条件就是一定是一个好人。然而是不是好人不是由性格是否有趣决定的,而自己想象中那种充满活力和浪漫的幸福生活,也难以赖此实现。

佐代感觉到,在某些地方某些东西正在暗暗地聚集。晚饭后,她若无其事地对正在看晚报的丈夫说:"今天泽口的伯母来了。"

"哦,你说什么了?"

"又跟我讲了幸雄的事,说他实在是太固执了。长辈给他介绍的工作,他主动去拒绝掉了……"

佐代小心翼翼地等待保夫的回答。幸雄是他的表弟,关系算得上亲近。

"太浪费了。如今就业形势困难,他竟然主动放弃这么好的机会……"

看着保夫不慌不忙地说出自己预料中的事,佐代感到焦躁和悲伤。她悲哀地意识到,自己此刻的心思竟是不正的。

"我已经跟伯母说了,下次幸雄过来的时候,我会让你好好地说说他。对吗?你会敲打一下幸雄,让他不要给伯母添烦忧吧？"佐代看着此刻面无表情的丈夫。

保夫机械地回答着："肯定要说。好不容易去了理财科，不能就这么荒废了。"

佐代咬着牙继续问："既然如此你怎么一副不在乎的样子？不是很关心幸雄吗？为什么你表面上却一点都不着急？"

她忍不住讽刺道："幸雄有你这么一个好哥哥，可真幸福呢！"

然而此时此刻，自己的妻子心里情感是多么的汹涌，她又是以怎样的心情将其压抑住——保夫对此似乎一无所知。温暖的灯光下，保夫脸上看不见任何疲惫、不安，只是一张光鲜的、普通的青年绅士的脸庞。

如同缠绕在指尖的丝线一般，谨慎地闪耀着的一帆风顺的生活，终于在佐代的心中发生了变化。除了默契地一起点头，默契地一起出去散步，默契地同时想要喝粗茶这些小事之外，自结婚以来，佐代终于开始认真思考，自己与丈夫之间真的有如此深的联系存在吗？

四

初夏时节，独处之时佐代常漫步于挂满绿叶的廊檐之下，赏娇艳的紫阳，观灵动的金鱼。阳光照射下，一切都生机勃勃。佐代却沉浸在自己的思绪中，无法自拔。

佐代清楚自己很执着地在尝试看穿人心，尤其是丈夫的心。可是，她也不知道自己为何如此执着。是因为爱吗？于是她问自己爱着丈夫的哪些地方，却很快又陷入苦闷之中。一方面她感到自己与丈夫无法割舍，一方面丈夫的缺点、无趣、不能体会她的所求的这些事实，又不断地刺痛着她。令佐代更悲伤的是，她无法将这些痛苦向丈夫言明，只能独自消解。保夫根本觉察不到也不在意自己的平凡，所以寻求改变的只有，也只会是佐代自己。不管佐代说了什么，保夫都绝不会像那种十七八岁的青年人一样反省自己而后暗自神伤。在佐代看来，保夫是生来脚上就穿着雪套[1]的人，无论踩在多深的积雪上，也不会陷进去，

---

1 原文作"かんじき"，是在雪中行走时为防止脚下陷而装或套在靴子下的轮状用具。

更不会溺毙其中。佐代发现自己的脚上并没有这样的宝贝，所以每当她想要追随丈夫的脚步时，总是感到异常艰辛。最后佐代只能想到一种办法，那就是找一条适合自己这没有护具的脚走的路。而保夫依旧对她所经历的挣扎、痛苦、悲伤一无所知。当佐代坚持不住向丈夫诉苦时，穿着雪套的他只会轻飘飘地回答："还有那种东西吗？你想要的话就去买啊。"

无论佐代怎么说"做不到，我做不到"，保夫都无法理解。她想告诉丈夫的，是自己的无法言说，是毫无形象的悲痛，是自己迎接生命时的诧异和无助。

也许是即将进入梅雨季的缘故，天空透亮如白色磨砂玻璃，细雨霏霏，落在翠绿的叶面上。佐代懒散地趴在座椅扶手上看着外面的景色，堆放在松树下的那块古朴巨石周围，青苔上正水汽蒸腾。从天而降的剪不断的雨珠，落在苔面上很快就消失了。那片青苔就这样，一动不动地默默吸收着六月的雨水。

看着看着，佐代的眼角渐渐湿润了，泪水如莲叶上的露珠一般滑落下来。她想，我们究竟是为了什么，以什么为目的而在一起生活了这么久呢？保夫每天按部就班地去往工作地点，拿着同一个公文包，里面总是装着各种需要盖章的文件。但是，生活的真正目的和意义又在何处？拆分成这样的一个一个小块后也依然成立吗？我们要如何描摹出它的形状，又要往其中填充进什么内容？究竟要怎么做，才能在两人的生活里找到一个安心之所呢？

仿佛突然被某个想法吓到，佐代几乎从椅子上站了起来。她那慌乱的眼神求救似的环视着四周，映入眼帘的只有湿漉漉的花园和走廊、昏暗的庭院。外面的大雨倾盆而下，雨声喧哗。佐代起身走到了走廊的尽头，意有所至般地停在了廊柱旁。直到夜晚的灯光亮起时，她依然站在那儿一动不动。这晚，她尽可能平静地拒绝了丈夫的拥抱。黑暗之中，她忍不住悲伤地无声哭泣着。想到自己竟是以这样一种心情与丈夫一起孕育了新生命，她感到手脚冰凉的同时，一种恐惧和愧疚感也席卷而来。佐代任由眼泪流淌着，黑暗中她以一种莫名紧张的心情，凝视着丈夫熟睡的脸庞。

五

如果人就像布匹缝制的衣服一样，可以随意解开就好了。那样的话，现在佐代一定在兴奋地解开丈夫这件"衣服"。

接着一个部分一个部分地查看，抚摸，反复检查直到自己对其了如指掌，最后再将其恢复原状。这样的话，自己一定就会安心了。然而，这终归是一场空想。佐代依旧对眼前的丈夫无计可施，表面看起来他们十分亲近，然而在佐代的心中，距离越近，就越添一层寂寞。

这种寂寞、痛苦的心情，与一个月之前她独自在家时的心情完全不同。那时候，只要丈夫一回家，她就感觉得救了。看到丈夫面容的那一刻，积压了一天的郁闷都烟消云散。然而如今，情形仿佛完全逆转了。当保夫洗过澡坐在自己身边，浓密的发间散发着沐浴后的香气，佐代却几乎被这近乎绝望的寂寥和不讲道理的焦躁淹没了。

一连几天，佐代都在强制压抑着心中的野兽。然而终究还是没有坚持住，她可怜兮兮地扑向了丈夫的怀抱。

一般来说，这是晚饭后的固定日程。也许是因为佐代一直沉默不语，眼睛只盯着桌子，保夫早早地去了书房。佐代在原地待了一会儿，跟女仆交代了几句后也跟着丈夫去了书房。经过这六叠大的房间，有一条通向庭院的走廊，保夫就坐在廊下的桌子旁。夜色已深，一束冷色的灯光落在门槛上，佐代停住了脚步。她看着丈夫的背影，在灯光下显得尤其专注。

她静静地走到了桌子旁。保夫右手拿着蓝色铅笔，正在阅读一份薄薄装订的文件。佐代随意地瞟了一眼，然后开了口：

"你现在忙吗？"

保夫伸展了一下身体，翻了翻手中的文件，回答："还好，有什么事吗？"

佐代没有说话，她像怕冷一般双手交叉抱着身体。保夫看到她的神色，自己脸上也微微变了表情。佐代的视线定在了一本小册子上，她像下定了决心一般，问：

"喂，你真的，安心吗？"

"你指什么？突然这么问，我很难回答。"保夫的语气非常冷静，似乎胸有成竹，又透着一股孩子气般的轻松。

"这是什么？地震……"（一九二三年东京湘南地

区发生大地震,次年余震频繁。)

"跟那个无关,地震跟我们的事有什么关系……"佐代抬起头,直勾勾地看着丈夫的脸,她问:

"你真的一点那种感觉都没有吗,是真的安心吗?"

保夫吸了一口烟,然后吐出烟雾,微微地眯起了眼睛:

"我们的生活里有什么值得不安的地方吗?"

佐代放弃般地点了点头:"我真的受不了了。"

"我不明白我们的生活究竟有什么问题。我难道不是一个好丈夫吗?你看看自己,每天吃吃睡睡,自由得不得了。我有什么好不安的,我幸福得很!尤其是你,你简直就是过着乌托邦的生活!"

佐代打断了丈夫的话。

"别开玩笑了,我是认真的。你真的觉得我们的生活很充实吗?就这样继续下去也没关系吗?可是我最近真的是一刻也不能放松,我太心慌了……"

"别任性了。"保夫做出很夸张的表情想逗佐代笑。然而,佐代再一次以很认真的表情否定了他。

"我没有任性,绝对没有。既然两个人要在一起生活，就请你认真地听听我说的话吧！"

她继续说道："最近，我发现自己越来越读不懂你了。仿佛你心中生长的那朵花儿离我越来越远，这令我感到十分痛苦。"

听到这里，保夫终于开始正经起来。

"当然，也有那样的时候——我们的想法有时候确实是一致的。但，那些只是一些无关紧要的小事，结局是怎样都好，所以过程中你总会无意识地迁就我。而当遇到很重要的事情时，我们的想法很可能背道而驰。我的意思……你能明白吗？呵呵，也许我现在所说的，你也一点感觉都没有吧。不仅自己无法主动产生感觉，也体会不到我的感觉。这就是我说的，我们之间的距离越来越远了。"

"嗯……不，因为你不是很清楚我的感受，我……"

佐代再一次打断了保夫的话。

"我清楚，正因为我清楚，我才知道我们的想法有多不同。你一定认为我们就是世俗意义上完美的夫妻并为此得意扬扬吧？但你认真思考过我们的相处模式真的能够长久吗？我真的很想从内心深处感到安稳，我只是想牢牢地抓住眼前这得之不易的生活。"

"你是不是担心得太多了?"

保夫一边摸着自己收拾得整整齐齐的胡须,一边不解地看着佐代。

"我们共同生活了这么久,我实在想不出有什么问题。而且,你的话太令人迷惑了。如果你感到距离遥远了或者孤单了,可以明确地告诉我。有什么做得不好的地方,我也会改正。但如果你什么都不说,我又怎么能了解你真实的想法呢?我就只会以为你是在无理取闹啊。"

"没有什么不好的地方,与其说是改正,我想要的,其实是希望你能够用心去关心我们的生活,用你那颗毫无保留的、知觉敏感的心。更直白地说,用符合逻辑的、形式正确的话来说——我太孤单了。明白了吗?这是关于心灵的事,是要用心灵去感受的。"

"那你这样跟我说,我又能做什么呢?"

保夫依然是那样冷冰冰的、高高挂起的态度,佐代感觉自己的心都被冻住了,几乎快忍不住眼泪。

"我都说了我做不到,你让我怎么冷静?既然决定了要两个人一起走下去,我就在努力啊!所以——"

"佐代,听我说。"

保夫摁灭了手中的烟,他打断了有些失控的佐代的话。

"生活的幸福,与爱一样,是一种信仰。信仰这种东西我们是捉摸不透的。到如今,你根本还不懂生活的意义。你只要相信我对你的爱就好了,这才是我们生活的全部意义。"

他拉着还想说些什么的佐代的手:"好了,不要争了,乖。"

他把佐代拉进怀里安慰着。佐代红着脸,流下了眼泪。

"别以为这样事情就解决了。你真是,太狡猾了。"佐代不甘心地说。她放开了保夫的手,冷静地坐了下来。

"我是因为爱你才说了这么多。但即使说一百遍、一万遍我爱你,心的距离拉不近又有什么用呢?这样的话你还是不在乎吗?真的一点都不在乎吗?"

佐代只是想听丈夫说一句:"这种事情如何能忍受?怎么可能会放任不管呢?"这么一句简单的话,就能让她好受很多。她多么想紧紧地贴近保夫那毫无

保留的、真实的内心。然而,不管佐代如何祈愿,又费尽多少口舌,保夫依旧冷静得令人害怕,他说:

"这都是你自己的想象,是你闲暇时编造出来的东西,你看,你自己都拿不出证据。"说着,他甚至露出了胜利者的微笑。

"这个家中是不会有我不清楚的事情的。"

"独裁者!"佐代禁不住大喊了出来,"你总是这样!只在乎自己的判断,从来不把别人的想法放在心上。"

"冷静一点。而且,对你来说,我跟其他的人还是不一样的吧。至少我是你的丈夫。作为你的丈夫,我怎么会不了解你……哦,不,是我的妻子的想法呢?我又不是智商有问题,如果我确实是感受不到,那一定是你这边出了问题。"

听了这番话,佐代咬紧了牙关。她恨不得狠狠地揍丈夫一顿,把他那伪善的、绅士的、冷血的面具撕下来。他甚至从未想过去了解佐代究竟在因为什么而痛苦,而是仅仅根据自己脑海中狭隘的"正确主义"而随意地否定了佐代,并为自己的"明智"沾沾自喜。佐代痛苦得发出了野兽般的呻吟,此刻她只想和霍屯督[1]的女人一样，对丈夫乱咬一通，要是所有的事情都能这样干脆就好了。痛苦的情绪积攒多了，佐代甚至感到自己的手指都动不了了。她知道，这些痛苦也是无法通过输出野蛮来化解的。而且，保夫不是会还手的男人，他只会冷漠地蔑视你，无视你，连眉头都不会动一下。而她也只能将满腔的激情融化在几滴滚烫的眼泪中，依旧保持着自己典型的、贤淑的、有教养的日本女性的做派。佐代的思绪翻涌，原来夫妻是如此乏味的吗？为什么连真正的安心这么简单的愿望都难以实现？

佐代忍不住啜泣着，她绝望地想，原来所谓的比亲子还要亲密的夫妻感情，竟是如此不堪。

六

长久而紧张的沉默充斥了整间屋子，只能听到佐代时而转动身子的短促声音。一种深深的寂寥，同窗外的夜色一起愈变愈浓……

---

1 霍屯督人，非洲南部的古老种族。

终于，保夫动了动身子，他转头看着佐代满是泪痕的脸，说："你去洗把脸。"

佐代感到不快，保夫的语气就像风暴已经过去了，她一动不动，不想给保夫任何回应。

"先去洗洗脸，收拾一下自己。"

保夫见她不说话也不起身，不由得说了句带讽刺意味的话。

"你今晚真是太奇怪了，"他故意长长地吐着烟，然后盯着佐代，摆出一副质问的样子，"那个，从什么时候开始的？"

佐代侧过头，带着哭腔回问："什么？"

"就是，你是从什么时候开始有那种感觉的？"

佐代回过头，发现保夫依旧是一副"一切尽在掌握之中"的态度，高高在上地看着她。她几乎是本能般地理解了保夫的话，同时感到体内气血翻涌，一股愤怒油然而生。"这算什么事！他是把别人的真心都当成歇斯底里的疯话吗？原来我的丈夫也跟那些暴虐的男人没什么两样！凡是自己不满意的东西都是有病是吧？"佐代气愤地在心里怒骂着，她的嘴唇失去了血色，眼睛瞪得极大，努力地让自己发出声音。

"丢掉你那半吊子的生理学吧!你以为凭借那些无用的知识就能看透我的内心吗?你的真心究竟去哪里了?卑鄙,实在太卑鄙了……"

佐代哽咽着,竟像发了热似的浑身颤抖起来。

"你是不是以为,我是被伤了自尊才不说话的?你想利用我那可怜的虚荣和骄傲做些什么呢?"

她感到体内冷热交错,再也坚持不住地用双手紧紧捂住了脸,身子摇晃着靠在了保夫的桌边。一阵眩晕之中,佐代感觉自己的身体一会儿要飞向高高的空中,一会儿又要沉入无边黑暗里。

她又静静地哭了起来。滚烫的泪水从指缝中溢出,然后啪嗒啪嗒地落在桌面上。哭着哭着,她突然忆起了多年前的一个情景。

那是在她生活了二十多年的家里的浴室里。四叠半的更衣室里,有一个竹格子的小窗,小窗下方摆放着一面母亲的梳妆镜。镜子上盖着一层灰色的外罩,其上绘有落雨和花鸟的古风图案。有一次半夜两点,佐代不知为何醒了过来,她还赤着脚,母亲竟自顾自地向她哭诉起来:"佐代,你说我和你父亲究竟是谁错了?不管我怎么跟他讲道理,他都觉得我是在发疯。为什么女人生来就该如此？我们也只在这世上活一次啊！"

母亲那时三十四五岁，佐代自己也才十二三岁的样子。她仍清晰地记得那时稚嫩的自己，不知所措地把悲伤哭泣的母亲紧紧搂在怀里，小脸儿贴在她的波浪卷发上，小声地安慰着："母亲不要哭，不要哭。我去跟父亲好好谈谈，母亲不哭不哭。"

可她当时并不知道要跟父亲谈什么，直到如今她流下了和母亲一样的悲伤泪水，方才彻底醒悟。如果自己也是一个孩子的母亲，那么她的女儿或者儿子，也一定会和当初的自己一样困惑、悲伤却又正气凛然地说着"我去帮你说！母亲不哭！"吧。然而他们也会一直到自己流下相同的泪水时才知道自己应该向父亲质问些什么。

佐代渐渐冷静了下来，她开始重新思考，自己与母亲付出的这十几年，对于一个女性的一生究竟意味着什么呢？

在自己结婚之前，佐代听了很多次形式各异而内容一致的母亲的哭诉。而佐代每一次给予母亲的安慰之语，如今看来，只不过是随着年龄的增长而修饰得更加丰富，实质却跟十二三岁时说的"母亲不哭"没什么不同。她那微不足道的安慰，丝毫没有减轻母亲的痛苦。她多年来重复的那些无意义的话语，对母亲来说，唯一的价值就是，体现了自己的女儿至少还在关心自己。

母亲几乎一生都在承受着无法消解的辛苦，直到年老后失去热情为止。

她那也曾年轻过的心灵、追求理想生活的激情和普通人的渺小愿望，都在日复一日的悲伤和烦闷中被消磨殆尽。然而——佐代却冒出了更惊人的想法。她的母亲是否曾经极力引导过保夫如何厚待佐代后，才同意了他们俩的婚事？

佐代终于看清了这个几乎愚蠢的矛盾。然而，在她还在考虑中时，母亲那沉沉的爱怜就已经压得她喘不过气。她似乎要让自己一生里没有实现的许许多多的女人的梦，都在女儿身上得以实现，所以格外重视女儿的婚姻和处世。也许，母亲的母亲在明治初期，也曾同样为自己的女儿许下美好的愿望。

世世代代解不开的难题，就这样传给了女儿。

佐代不想就这样交上白卷或者只写了寥寥数行后

就抛给女儿去完成，她想找出答案，不再经历祖母和母亲同样的悲伤，而是说："我解决了这个问题。你怎么看？想知道是怎么解决的吗？"

她只要一想到自己的一生会和祖祖辈辈的女性一样在眼泪和痛苦中度过，连活下去都需要勇气时，她甚至都无法安心地和丈夫争论。

佐代移开了捂着脸的手，深深地叹了一口气，把前额凌乱的头发拢到了后面。

保夫撑着下巴坐在桌子旁，手上夹着一根香烟。烟雾缭绕中，他入神般地看着夜幕下的庭院。然而佐代却感觉到了丈夫并不像表面上那样毫不在乎，他一直在暗暗地观察着自己。保夫开口说道："唉，心情都不好了。工作也没做完，都是因为你。"佐代站在后面，语气可怜兮兮的，她轻柔地安抚丈夫："我错了，这就离开不再打扰你了。"说完还在丈夫额头上留下了一个吻，来表示自己的歉意。

佐代感到自己刚刚平息下来的感情又被扰乱了。她多么想成为保夫那样的人，然而她终究还是输了。就像保夫暗地里期望的那样，她诉说的一切最终都化作了一句抱歉。她简直无法再忍受了。她知道这场战役迟早会发生在自己身上，但对于保夫的无情还是憎恶得不得了。毕竟，她对于生命的许多热忱和期待，也是从保夫那里得到的。

她身体里的野兽再一次觉醒了，在心中怒吼着："去死吧！去死吧！恶毒的人！你究竟要折磨我到什么地步？"

佐代目光炯炯地盯着丈夫的侧脸，突然发现他的神色也变得阴郁起来。她的脑海闪过了什么，嘴边挂上了冷笑的弧度。她状似随意地低声问丈夫："你在想什么呢？脑海里的东西跟我是一样的吧？是不是跟我想着同样的东西？"

保夫一副愕然的样子，睁大了眼睛，看着佐代的脸：

"傻子！"

周围的光线似乎都被这混乱的氛围搅散了，保夫猛地重新坐到了坐垫上。佐代手心都是冷汗，她感到自己心悸得厉害，大口呼吸着，心里不住地想着："他也跟我想着同样的事情吗？不然的话他怎么会突然骂我是傻子……我和他想到一起的时候……"

佐代坐不下去了，她起身走到廊下，此刻外面一片漆黑，心中也一样。她眼前这片浓重的黑暗里，矗立着一棵茂盛的常绿树和一根细长的电线柱子。从房间里透出来的红色灯光打在廊边那棵八角金盘的树叶上，犹如鬼魅。高高的电线柱子伸向天空，再配上那诡异的灯光，似乎马上就要有什么可怕的东西从这黑暗中冒出来了。

佐代多次下意识地用自己那冰冷的指尖擦了擦额头的冷汗。"感觉已经在这深夜里停留了上百年，"她想，"我真的能够熬过这漫长、沉重、痛苦的黑夜，见到明天的太阳吗？"

佐代情不自禁地想念起那些清新明亮的早晨，黎明的微风裹挟着树木花草的清香迎面吹来。太阳徐徐升起，照耀着森林、房屋和路边的石头。一切多么美好！——而此刻，佐代却被困在那无尽的黑暗中，仿佛再也等不来这样的美丽清晨！

〔一九二四年六月〕

乳房

乳房

一

什么声音……是什么声音在响？裕子竭力想要醒过来，却又陷入了更加疲乏和痛苦的深渊里。

终于，她在一片黑暗中睁开了眼睛，脑后一阵麻痹，她仰面睡着，感觉整个人在床上被掉转了方向。明明是睡了很久的房间，此刻却完全搞不清楚自己的头正对着哪个方向。

裕子睁大眼睛仔细听着，发现刚才听到的声音并非在做梦。有时是猫儿在铁皮房檐上走动的声音，有时是从楼下厨房那儿传来的低沉的声响。

裕子轻轻地掀开被子，提着衣摆站了起来，睡衣宽松的袖子却还是不小心从她的同事塔米诺睡觉的地方拂过了。裕子在黑暗中奋力摸索着走出房间，踉跄了一下。

"干什么？要开灯吗？"塔米诺半梦半醒地问了一句。

"等等……"

虽然猜到应该不是小偷，但裕子还是没有放松警惕。自从九月市营电车的纠纷开始闹得沸沸扬扬，她所在的托儿所也加入了声援之中，一位名为泽崎金的老客户来得就不多了。她尝试与其联系了一下，不知为何一直没有得到回应，难道家里没人了吗？裕子甚至考虑过要不要去他家看一下。此外，她还怀疑过这位客人是不是因为拖欠房租跟房东起了争执。"御岳山百草"——藤井最近在这样的招牌旁边贴上了忠诚协会第二支部的招牌。他有一间小屋子在出租，一旦有房客不按时缴纳房租，就会找一个地痞来帮忙对付。也不是殴打人家，只是把榻榻米一收，然后一脚把房客踢出去。

四五天前藤井就来过这边。他剃了个平头，围着一个假海獭毛领，大衣的袖子搭在肩上，下面穿了双日式短布袜，耀武扬威地叫骂着：

"女人我也照样赶，穿那种洋装的，哪会是什么好女人？"

他说话粗鲁,眼睛里却闪着好色的光。他那淫邪的目光一会儿粘在穿着裙子和柔软的毛衣、系着围裙坐在那里的裕子的身体上,一会儿又跟随着在做些什么的塔米诺的动作。真令人恶心,这个畜生!裕子心里想着,忍不住打开了六席房间的小窗,把目光转向了外面。

月光先是落在被夜晚露水打湿的铁皮屋顶上,又慢慢地铺满大地。抬头一望,月亮高高地挂在天上,为薄雾笼罩下的远处平原披上了一层柔和的细碎的光。月色朦胧,破落的竹篱旁歪歪扭扭地竖立着一根路灯杆,微弱的灯光照亮了下方滚落在地面的陶管。朦胧的月光与昏暗的灯光交织,使得夜色里的暗影更加扑朔迷离。

厚重的黑夜里,人们在贫寒的屋子里也睡得深沉。裕子正要关上遮雨窗的时候,一个男人从这边的檐下急急忙忙地跑了出来。他歪着身子望着二楼的窗户不停地挥着手。裕子看着他瘦弱的侧脸和单薄的便服,在深夜里显得格外寒冷,她朝外喊了声:"你有什么事?"

"原来是你啊!"躺在床上的塔米诺突然说了声。

似乎在等待外面那个人的回答,塔米诺起身拧开了房间里的灯。突然亮起的灯光使得塔米诺那张困倦的圆脸更皱皱巴巴了。

"大谷先生?——这个时候你有什么事吗?"

她的睡衣敞着,露出了丰满而有光泽的膝盖,嘴里生气地嘟囔着:"有什么事情明天说吧,我会去找你的。快回去睡觉,你这样会感冒的。"

角落里三席大的地方堆放着一些古旧的桌子,从这里到下面六席大的地面,由一个很陡的楼梯连接。裕子在黑暗中摸索着,点上一根蜡烛,打开隔板,穿过一个四席大的房间来到水槽跟前。为了节约电费,她没有打开厨房的灯。出水口旁的遮雨板已经烂得难以关闭,她在上面敲了两下,外面突然传来急切的声音,门板也被不住地拉扯着。

"不行不行,得让我先把这个拿起来。"

刚一打开,大谷就跨进了房间。

"原来如此,我弄得可费劲了,不过这样确实安全些。"他一副天真无邪的样子,眨巴着眼睛痴痴笑着。

"怎么了?都这个时候了。"

"突然有点急事想找你帮忙。"

"我是听到了点声音,出来看没发现人。"

"不好意思,不好意思,"大谷缩着脖子笑着说,"我刚在小便。"

大谷是过来说明明天早上参加柳岛的组会的成员信息的。凡是对强制调停不服的都会被解雇处理,所以各车库都开始动摇了。

"八点的时候,去山岸支部长的事务所拜访就可以了。这么突然十分抱歉,拜托了!"

裕子把头发编成了辫子,穿着一件与自己极为相称的铭仙[1]绸外褂,蹲在木板上:"糟糕了,"她一边抬头望着大谷一边说,"龟户那边有人吗?我们这儿的饭田先生要去广尾那里。"

"那边是拜托了臼井先生。听说锦系堀[2]也已经安排好了。"

"去问……那个人了吗……"

大谷深深地吸了一口气,抬起头迎着冷笑着的裕

---

1 一种机械纺织的布料,价格公道,结实耐穿。

2 锦系属日本东京都墨田区,堀是护城河之意。

子的目光,思考良久之后,坚定地说:"嗯,应该去问问。我这就去。"

关于臼井时雄,他本人说过自己曾在九州一带活动,除此之外谁也不知道他确切的身份和经历。不知什么时候开始他出入诊所,工会活动人手经常不足,他也渐渐成了书记局的固定帮手。他二十四五岁,个子不高,从背后看,他的肩膀总是无力地耷拉着。

裕子是那种不会轻易讨厌别人的性格。但这位臼井先生每次送消息过来时,既不说话也不和孩子们玩耍,只是在一边磨磨蹭蹭地盯着裕子她们做事,让人产生一种如芒在背的感觉。这种感觉是无论如何都克服不了的,所以他每次过来都会让裕子感到不舒服。而且他说的话也常有不对劲的地方。

在一次宴会上,裕子谈到对臼井的负面印象时,大谷照例瞪着眼睛,噘着嘴盘腿坐着。他一边撕拉着面前的空箱子,一边仔细地倾听着,但最后也没有说出决定性的意见。最后,他抬起头说:"有必要调查一下。"

市电事件发生后,大谷成了声援活动方面的负责人,忙得不可开交,这场调查也因此无疾而终。这次又说起臼井,裕子和大谷都不由得想起之前的谈话来。

大谷抬起木屐后跟踩了踩丢在地上的烟头,说:"那就拜托你了,八点,山岸。"

"……"

裕子伸出一只胳膊高高绕到头顶,又伸出左手拉住那只手来伸展身体,她露出困惑的表情,说:"有个孩子得了麦粒肿——现在很虚弱。"

"嗯——这事儿中午之前就结束了。结束之后就可以带他去看看了。晚上也可以,诊所反正开到十点。"

但裕子并不想这么做。她不想再困在托儿所由人手不足带来的麻烦里,而是希望通过实际行动得到家长们的认可。她希望,傍晚孩子们回家后,可以开心地跟迎接自己的母亲说:"妈妈!今天老师带我们去了一个地方洗眼睛,现在一点都不痛了!"

也许孩子们口中说的都是同一件事,但每个母亲感受都大不相同吧。

不仅因为泽崎被抓的现状,如今自己多多费心,对于托儿所能否得到那些母亲的特别关照来说也十分重要。裕子充分了解到了这样做的必要性。而大谷在忙碌的活动中没有注意到这一点倒也是情有可原的。况且，托儿所因这次声援活动而面临的种种困难，也不是靠个人站出来就能解决的。

"那么，无论如何我会想办法的。"

裕子双手撑着膝盖，慢慢站了起来说。

"怎么摇摇晃晃的，你没事吧？"

"不要紧，已经是第三个星期天了。——那就告辞了。你好不容易才睡着，又被我吵醒了，真是抱歉。"

大谷看起来精神饱满，哐哧哐哧地往外走，嚯的一声跨过门槛，然后转头看了眼裕子，说：

"不管怎么说事已至此了。"

他呼的一声向黑暗里吐了口白汽。消融在夜雾中的月光，比刚才更加宁静而浓稠，空气变得寒冷而沉重。远处的电灯投下的那束光亮，仿佛将这片黑暗从中间劈开。裕子把手搭在遮雨窗上，打了个寒战。

"——重吉先生会来信吗？"

"已经两个星期没收到了。——怎么了？"

"战争开始后我们的条件也变差了。——见面的时候还要请他多关照。"

"是的,多谢。"

裕子重重地点了点头。大谷其实是她的丈夫深川重吉的老朋友,对现在的她来说,也是教导她的人。她听到大谷重重的脚步声,踩过沟板,才关上门转身回到了二楼。

二

拐过一条小巷,墙角处停放的一排自行车闯入了裕子的视线。每辆自行车上都绑着一个小包,斜靠着墙壁整齐停放着。其中一辆上竟用旧的真田绳[1]精心地扎着一小盆杜鹃花。

在一个青葱叶徐徐掉落的清晨,裕子漫步在街道上,想起了一句话。那句话大概是这么说的:一个国家的劳动者的生活状态,可以从这个国家的自行车持有数量占劳动人口的比例看出。如今市电那群人的自

---

[1] 原文作"真田纽",是江户时期武士们系于刀或装甲上装饰的织品,现为工艺品上的装饰物。

行车就停放在眼前,但没有一辆是崭新的。

入口处的大门是由四扇巨型玻璃组成的,那里的员工三三两两一起,安静地走了进去。裕子走到入口处停了下来,吸完了最后一口烟,然后把烟头随意地扔在了地上。她站在门框旁边,掀开外衣,弯腰抬脚,不慌不忙地解开了自己的鞋带。

她踮着脚往那边的工作区喊了一声:"您好,我想找一下山岸先生……"终于有人注意到了此时出现在室内,穿着黑色外套,胳膊肘撑在桌面上询问着的裕子,那人朝楼梯间喊道:"喂!支部长在吗?"

"在。"

"有人找。"

然后就听到一阵沉重的脚步声,似乎有人下来了。楼梯十分狭窄,那人给正在上楼的三四个同事艰难地让了路,然后又咚咚咚地继续下楼。一个胖乎乎的男人出现了,他穿着一件立领衬衫,头发用发蜡精致地梳开固定。

"哦!"他和善地打着招呼走了过来。裕子向他解释说自己是通过大谷先生介绍过来的。

"哎呀,您辛苦了,请随我一起上楼吧。"

裕子脱鞋的时候，山岸就站在她身后双手插着兜，问："今天，大谷先生会过来吗？"

"今天就我一个人。"

"噢，其实女性的效果更好呢，哈哈哈。"

山岸走过楼梯口，在过道处停了下来，他一只手抚着下巴，像是不经意地问了句："那么……我们按什么顺序来呢？"

裕子突然有了一种自己马上就要参加演讲的感觉，她客气道："看您方便，我都可以。"

"那我们现在就开始吧。"

山岸快速地回应了她，先行上了二楼。

大大小小的三间屋子此刻都被挤得水泄不通。一上来就看到贴在门框和其他地方的各种传单，上面用黑笔写着"绝对反对解雇一百三十名员工""反对发行巴士换乘券！响应列车员要求"，以及强制调停发生后的"绝对反对削减一百二十一万三千二百七十日元人工费"等。

早晨的阳光从左手边一扇打开的腰窗照进来，不带暖意地落在了窗户旁边的几个人身上。其中一个将拇指伸进自己的袜子摸索着，一边说明着什么。从裕子落座的地方抬头看正好是逆光，对面的人都成了一团团黑影，而在他们的身后，是一片万里无云的晴空。隔壁的石瓦屋顶上整齐地摆放了八个通风筒，分成两列，朝着同一个方向，以同样的速度一圈一圈地旋转着。

角落里，一个人跨坐在一只折了的座椅上，托着下巴不知道在思考什么，另一个人在旁边不停地抖腿。还有抱腿侧躺在榻榻米上的人，盘腿坐着双手交叉抱胸不断摇晃着身体的人。

裕子感到此刻房间里的气氛并不简单。人们看起来似乎已经对眼前的模样见怪不怪，任何事情都无法打破当下的平静，然而大家会聚于此所诉求的事情依然处于一个没有明确走向的状态，甚至无法得出一个合理的预期。所以当有像那个吊儿郎当坐在椅子上抖腿的中年男性一样的人进出这里时，没有人会出来阻拦。

过了一会儿，对面那张办公桌旁出现了一个喉咙处缠着湿布的高个子员工，他站着抬手调了调自己的手表，然后跟那个刚才就一直托着下巴坐在那儿发呆的中年员工说了句话。

"现在开始吧。"

跨坐在椅子上的那个人下来盘腿坐在了榻榻米上,另一个人没动。

"喂,关上吧,很冷。"说着,窗户旁边的那个人竖起了自己的衣领。

"那么接下来开始进行第五组的组会吧。"

那个喉咙上缠着湿布、老气横秋的高个儿员工似乎是第五组的组长,今天由他主持会议。

"前天,也就是二十六日下午,川野委员长会见了大石先生和佐藤先生,我们就我方严正抗议针对一百二十七名员工的不正当解雇并遭到无理拒绝,以及事情的来龙去脉做了完整报告。现在我通报一下当前的进展,并且想和大家讨论一下今后的活动方向。此外,不久前劳农救援会也派了专人到我们这里了解情况,我认为也可以适当地借助他们的力量。"

组长的话刚讲完,裕子旁边一位盘腿坐在地上的四十岁左右的员工突然很夸张地大声喊道:"没有异议。"然而他本人却是低着头的。

"那,您有什么意见吗?"主席看着裕子问道。

裕子紧张地调整了一下自己的坐姿,正要开口的时候，主席却示意她走到自己的旁边。

裕子脸上有些发烧，她站在组长的身旁，突然身后有人再一次发狂似的喊了一句"没有异议！"，顿时在场的人都笑了起来。

裕子用不加修饰、清晰明确的口吻，以秀子母亲的话等为实例，说明了这次的争议在普通劳动者的妻子之间引起了多少关注。并且，她还提到了就在今天早上，在广尾区已经为支持家族会的活动而开设了移动托儿所。

"昨日听闻大江先生在庆大后面跳楼自杀的消息，我们十分震惊和悲痛。报纸上写大江先生平日里经常酗酒，这与我们在广尾听到的人们的讲述完全不符。我们了解到，大江先生的妻子生了很严重的病，为了照顾她大江先生确实多次缺勤，所以公司以此为理由解雇了他。如果我们能够再强大一点，如果我们拥有医院的话，大江先生是不是就不会因为妻子的病而被解雇呢？他是不是也就不会自杀了呢？每次想到这里，我都感到万分遗憾。"

"我们没有异议！"

"是的是的！"

场内响起了热烈的掌声。说话间,裕子脸上露出了自己都没察觉到的激情,让她整个人都发着光。

"拜托大家,一起努力吧!"

"我们已经做好了孤注一掷的准备,为了不让大家所付出的一切化为乌有,请大家都行动起来吧!"

一开始的奚落声、嘲笑声都不见了,只有饱含真诚的鼓掌声久久地回响。

"好,下面开始报告。"

在大家的要求下,山岸支部长也说了一席话。他一只手插在口袋里,自带一种腔调地说道:"鄙人不才,在大家同意我担任支部长一职的那一刻,就已经下定决心自己一定会站在斗争的最前线,直至倒下。我希望,接下来大家可以毫无顾忌地展开对斗争的具体方法的讨论。"

这句话说完,场内的气氛几乎是肉眼可见地紧张了起来。

"对于支部长的提议,大家有什么意见请尽管提出来。"

"……"

"主席!"

这时，裕子所在位置的斜对面，一个年轻的员工举起了手。

"我想宣布三班的决议。"

"请说。"

"我们三班今天早上重新召开了班会，预计到我们的要求一定会被驳回，所以决定即刻罢工，并选举出了斗争委员。"

"……"

场内响起一阵议论声。反对针对一百二十七名员工的不正当解雇这件事一定是不会妥协的。前几天总部也下达了指令，若是我方的请求得不到回应和满足，那么立即准备罢工行动。山岸先生却一副似乎没有觉察到此刻骚动的气氛的样子，他皱着眉头，用火柴点燃了一支烟。

"那个……我有个问题……"

正当场面一度陷入僵局之时，一个带着迟疑的声音打破了沉默。

"三班的决议——是什么？我有点不明白，现在的指示是，不会全线行动，而只是我们单独开展行动，是这样吗？"

"三班是这个意思。"

那个年轻的员工简短地回答了他,然后不说话了。

"那么,我反对,我绝对反对这个方案!"刚才那个迟疑的声音的主人突然像变了一个人似的,他大声地叫喊着。

裕子又一次听到了身后那个人喊了句"没有异议"。

"我也反对!凭什么让我们当出头鸟?太荒谬了!我们会被连根拔起的,到时候才是什么都没了!"

裕子全神贯注地观察着这一切。她发现这些提出异议的人之间似乎有一种非同寻常的默契。

"主席!"

"主席!"

两个声音同时响起,高亢的那个强势地盖过了另一方,他激动地喊道:"我认为这是不对的!"

"想想二月份广尾的那场罢工吧。部分罢工是可行的,以此为契机,现在我们开启全线罢工的时机已经充分成熟了。我想所有人都清楚当下的情况了。不然的话,总部怎么会下达那样的命令呢?"

"主席!"

这时一位长者说话了,他胸前的口袋里插了一支钢笔,声音十分镇定。

"我是一班的,尽管这只是我个人意见,我绝对支持罢工。"他以非常严肃的语调一字一句地说着。"但是,"他突然话头一转,吸引了在场所有人的注意,"如果不是全线出动的话,那么,我绝对反对罢工。"裕子感到一股热流在体内横冲直撞,她咬紧了嘴唇。那群干部狡猾地拿捏了人们的心理,并一步步地将其击垮。她痛苦地感受到,自己在这个集会上不过是一个没有发言权的客人罢了。就算是燎原之火也是从星星点点的火苗开始萌发的。然而,人们却因为几句别有用心的煽动性的话,轻易地改变了立场。

"在不考虑敌我双方力量对比的情况下随意发动罢工,才是最幼稚的。只有我们去对抗又有什么用呢?"

"主席!"那道高亢的声音再一次提出了主张,"力量对比说起来就是一个相对的概念,但如果只是无视它,我们这边什么都不付出就能得到对自己有利的局面,这在资本主义社会是不存在的。现在连强制调停也是一鼓作气就搞定了。把这件事交给降落伞[1]委员会,说起来,不就是被拒绝了吗?"

"是的!"

"没有异议!"

"甚至有人说,这次也是总部偷偷整理了被开除的候选人名单。"

"啪!"

大会前后,各车库有六十多名具备"倾向性"的职工被警察拉去,其中甚至包括几名劳救会的工作人员。经营方提前将以上顽固分子除掉,就是因为他们已经预料到了可能会发生一些紧急状况。想到这里,裕子越发地感到悔恨。

由于对指令和方针的解释引起了争议,东交干部中的大部分人都向职工们灌输了这样一种失败的想法:要么全线罢工,要么根本不罢工,即使罢工也没有意义。情势一旦变得错综复杂,就会出现各种各样的想法、冲突。龟户托儿所对市电的声援做得太多,已经引发了家长们的担忧。这时,就产生了"完全停

---

[1] 原文作"天下り",指官员辞职空降大企业董事会。

止具有争议性的声援活动"和"直接关停这个托儿所"两种完全不同的意见，大谷先生则认为这两种处理方法都是错误的。

由于屡次三番遭受到镇压，从东交剩下的职工里面找出一个能够领导大家走上正确斗争道路的组织者已经变得非常困难。这一点，就连旁观的裕子也明白了。

场内随着弥漫的烟雾变得越来越混乱，各种突如其来的意见和问题层出不穷。

罢工一定要进行。但是，这次一定要保证百分之百的胜利。

"我想问问支部长，国家社会主义究竟是个什么东西？"终于有人提出了这个问题。国家使用公权力无底线地维护资本家的利益，这种完全不顾劳动群众幸福与否的国家社会主义，究竟有什么意义？对此没有一个人能给出合理的解释说明，山岸先生对于阶级对立这个问题的解释也是含混不清的，甚至没有给别人反驳的机会。

"主席！"

他又喊了一声，突然转变了话题，提出了以下意见。东交的口号是"打倒法西斯主义",他说自己反对这个口号。东交章程中规定,无论政党、政治,都要维护全体员工的经济利益。但是,打倒法西斯的这个口号,是无视章程的。所以——

"在这一点搞清楚之前,我不会缴纳工会会费。"他说。

"你太小气了!"

"下田是什么?"

那是东交内有名的贪官,报纸曾经公开揭露过他。

"法西斯的黑店,滚出去!"

"主席,控制一下会场!"

"请大家安静,依次发言!"

主席伸手示意大家都冷静一下。此时,山岸支部长依然一只手插在口袋里,托着下巴坐在小桌子旁边,不知是闭眼聆听还是睡着了,他合着沉重的眼皮,似乎完全不在乎会场当下的混乱。当大家的讨论越来越偏离最中心的议题,所有人的情绪变得散漫和混乱的时候,主席就会瞅准时间,脸色难看地再次提醒大家尽快作出决议:"大家,时间已经不多了。"

最后,柳岛车库做出了一个奇怪的决定:只要有人罢工,就立即开始罢工。

三

从办公室的后门出来,走在铺着焦炭炉渣的大杂院的小巷里,裕子感到一阵难受和不快。

那是一种复杂的心情。东交的作用难道只是劝阻情绪高涨的员工不要冲动吗?裕子在干部那里受到了很好的接待,并被安排做了垫场戏,说一些鼓舞人心的话,尽管这些话并没有起到什么实质上的作用。如今裕子也清晰地感知到了那种失败。如果裕子有足够的才智看透形势,暂时压下自己的话,在整体士气低落的时候再吐露,也许就能或多或少带来一点振奋了吧。山岸则是从一开始就预见到了这一点。当大谷说不来的时候,他只是笑着说了些奉承的话。而裕子也确实因此感受到了屈辱。山岸后来不让裕子说话,也是因为他已臻娴熟的政治技巧。

宽阔的翻修路前,有一座新架设的混凝土桥。一侧禁止通行,还存放着施工中的水泥桶、木棍等,镶有红色玻璃的禁止通行灯都摆放在那里。另一侧可以通行的人行道上，正好有阳光洒在上面，那里有两个穿着胶鞋的七岁左右的男孩儿。一个身着茶色毛衣，一个穿着碎花纹的衣服，正在一起玩陀螺。两个小铁陀螺在阳光下飞速地旋转着，男孩儿们激动得唾沫横飞，拿小鞭子抽打着，为自己的陀螺蓄能，对身边经过的人和事完全不关心。裕子看着他们，又对刚刚参加的集会和自己感到懊丧。

裕子放慢脚步看了看手表，故意走得更慢了。她打开手提包检查了一下隔层里的物品。那是一周前去法院申请的接见许可证，此时被叠好端正地放在了里面。她拉紧了装着几张五元十元纸币的钱包，突然露出一副疑惑的神情。再度看了下手表，这一次裕子终于加快了步伐向车站走去。

重吉被转为市谷的未判决嫌疑人是半年前的事，此前他已经在警署里被关了十多个月。最初半年左右的时间里，裕子也被警察扣留着，所以他们根本无法见面。后来裕子被释放，也不被允许与重吉见面。她是在当天的晚报上得知重吉被判为未决犯，第一次去法院取得许可的时候，预审法官跟她说了这样的话：

"他在警察那里根本没有承认自己的真实姓名,所以我们的资料里根本找不到深川重吉这个人。不过,我也知道已经有很多证据了,所以今天我会给你一张许可证。"

重吉寄来了一张白纸。

从终点站返回的电车几乎是空的。除了坐在有阳光的那一侧,将自己的白棉布包袱放在一旁,一边枕着胳膊肘一边拿小拇指抠耳垢的滑稽的老爷爷之外,乘客寥寥无几。电车前部闲适地靠在车门旁的上了年纪的列车员,正拿着记事本,时不时含着手中越来越短的铅笔思索着什么。市电的老员工里炒股票的不在少数。尽管肩上还斜挎着背包,但这位老列车员已经完全沉浸在了自己的世界里。看到他专注于自身的神情,裕子心里又感受到了重吉初次寄来的那封信中某段话的无限意义。重吉告诉她在里面保持健康的方法,又说想必外面也在发生变化吧。历史的齿轮不会把那些细微的声响传递到这里来,关于这一点,是毫无悬念的——话就是这样说的,"毫无悬念"。但是,裕子把这种用不自由的方式表达出来的语言内容狭隘地局限在了自己身上,并没有自负的意思。她也明白，如果是套用在自己身上，自己又怎么会称得上"毫无悬念"呢？一句声援的话语都不能抓住正确的机会说出来，自己的这种不成熟体现在了方方面面。

快要坐过上野的时候，裕子才猛地意识到，不知不觉间车厢里的乘客已经换了一批。裕子抬眼悄悄地观察着，这一批新的乘客从衣着打扮到面部神色，都与最初在柳岛站的人完全不同，裕子睁大了眼睛，感到惊奇。她从东至西穿越东京，一路跌宕起伏。随着这趟电车逐渐接近山手，上下车的男女姿态越发让裕子感到惊异，他们身上都焕发出一种柔和、活力和自由，与饱受煤烟毒害的城东居民太不一样了。

裕子在新宿一丁目下了电车，走进了一条排列着慰问品店[1]的纵向标牌的狭窄小道。前方就是监狱的正门，看起来异常宽阔的天空下，是一道高耸的长围墙。大门外，有一条长椅，很像那种乡间驿站才有的。长椅上的顶棚，像是被暴风从下面刮起来似的，高高翘起。刮风下雨的时候，怕是一点作用都

---

1 原文作"差入屋"，是售卖带给犯人的食品、日用品等慰问品的商店。

起不到吧。

走在这条路上,一抬头看到那单调的高耸的混凝土墙和比市内任何地方都显得碧得发浓的蓝天,就感到一种不自然的寂静,心脏也紧紧地被揪住了。

她踩着碎石走进去。或许是为了让人的脚步声更响亮,路上到处都是碎石。

等候室在面向内庭而建的另一栋楼里,男女分开。一打开玻璃门,煤炭燃烧的那种令人恶心的臭味就扑面而来。她看到一个女人,穿着一件毛线织的外褂,看着十分单薄,蓬乱的头发上别着赛璐珞[1]的鬓角梳子,不明所以地张着嘴翻着三白眼,抱膝坐在那里。此外还有四五人在等待。十二点到一点是暂停会面的。再过十五分钟就是一点钟了。

裕子在小卖部里买了十钱撒着海苔碎的点心。她站在等候室外面的向阳处,看着庭院里栽培的松树。探视的房间就在左手边往里走一点,她第一次来的时候没找到地方,还以为那边是厕所。不过看这外观,被误会也不奇怪。大门外传来轮胎碾过石子的声音,

---

[1] 原文作"セルロイド",即 celluloid,一种广泛应用的塑料制品。

门卫用特制钥匙打开门,一辆汽车开了进来。从那辆车上下来了三四个男人,他们与这里的人互相敬礼之后就进入了另一栋大楼。裕子看着他们离开的背影,想起有人告诉过她,重吉刚被抓到这里的时候,双脚因为在拷问时受了伤无法动弹,是被人搀扶着上了楼梯。

回过神,裕子再一次看了眼手表,才过去五分钟。等待的时间总是如此漫长,而到了探视的时候总感觉还没说几句话窗口就被关上了。长久的期盼和短时间的洋溢着紧张的探视,使人疲惫不堪。每次探视的窗口一打开,就看见重吉的笑脸和尽量放松的姿态。窗口关闭的那一刻,他总是说:"要好好的。"裕子这辈子都无法忘记他说那句话的语调。每次探视相隔一个月的时间,探视结束时重吉眼底和唇部细微的表情总是那么温暖,深深地刻在了裕子的心里。

她打开手提包,掏出一把有裂缝的小镜子。用手绢擦了擦镜面,又避开擦镜子的地方将手帕揉成一团,用力地搓了搓自己的脸颊,直到皮肤泛红。

挂在等候室墙上的喇叭终于响起了。为了听清那混着杂音的叫号声,有人打开了玻璃门。房间里的女人把脸埋进围巾里，双手紧张地攥着袖子。

"啊，各位久等了。……呃，二十八号，二十八号到六号窗口。六号窗口。然后是三十号……"

随着这一声响起，一位大约四十岁的妇人站了起来，她看起来心事重重，一只手搭在自己的披肩上，走到那个黑色的喇叭下面抬起头注意听着。

"哎，三十号，你要见的人已经被送到别的监狱去了。"

虽然依旧充斥着杂音，但裕子也听清了里面的人确实是说送到别的监狱去了。那位温柔成熟的妇人似乎非常吃惊，她不自觉地向着那喇叭走了一步，"啊？"声音里满是困惑。但是喇叭只是啪的一声关掉了。裕子看到那个女人一副手足无措的样子站在那里，久久无言。

裕子十分同情这个女人，于是对她说道：

"好像说是送到其他监狱去了对吗？你去事务所里问问吧，从那里进去就可以了。"

她指了指涂着油漆的二楼楼梯口。

等了一个多小时，裕子终于见到了重吉，说了两三分钟的话。

裕子把胸口紧紧地抵在台面上，倾身询问重吉的身体状况，说起重吉的父亲瘫痪在床，又为一直没有带来他需要的书籍而道歉。在托儿所生活十分拮据，裕子有时连去借书的交通费都没有。等到终于存了一点钱的时候，又没有时间了。好不容易有条件去做的时候，也只能满足重吉最低限度的需求。

愿意借书的人那里总是找不到裕子想要的书，而拥有这些书的人又往往不愿意出借。这些事情上遇到的阻力比重吉想象的还要多得多。

重吉在探视间里是全程站着的，没有座位。他脑海中飞速地思考着这次要交代的事情，一边皱着眉跺着脚，一边给裕子报书名。"不过，也要看裕子你自己是否方便，不用勉强自己。不读书的时候，我也可以思考很多有益的事情。"他说。

裕子心里暗暗地给自己打气，慢慢地开口了：

"我今天早上去柳岛转了一圈。到了这种时候，托儿所的工作忙得不可开交，甚至已经发展到要去做孩子家长的思想工作了。这么久没见你，真的不是因为我偷懒。这都是没有办法的事。"

她说着，笑眯了眼。

"嗯。"

重吉瞥了一眼已经准备好关闭窗口的看守后,把视线直直地移到了裕子的脸上,他很认真地说:

"要是裕子生病了,或者情况紧急的时候,一定不要心疼钱。"

裕子顿时明白了重吉这句话的含义。他并不是真的在谈论钱。裕子所在的托儿所已经被卷入了电车斗争中,未来他们可能会面临无法再见面的情况。重吉明白这一点,所以才会鼓励裕子,并表示自己充分谅解她。

离开冰冷的简陋的探视房间,回到阳光明媚的大门口。裕子踩在碎石地面上,和其他探视归来的女人没什么不同。她感觉自己的身体里留下了一种无法言说的东西,那绝不是"见面了,真开心"这样一句话能概括的。

一出大门,宽阔的碎石地上竟出现了一只身着棉衣的小猴子。几个西装革履的男人和拿着手枪的警卫围在小猴子旁边,有的站着,有的蹲着,发出一阵笑声。与卖艺人手里的猴子不同,这只不知从哪儿来的小猴子一身褐毛,两只黑色的耳朵警觉地张着,深色的尾巴在阳光下来回扫着地面的碎石,整个身体蜷缩着。头部快速地上下点着,眼球疯狂地转动着,嘴里似乎也在吃着什么。

"这么看还挺可爱的,哈哈哈。"那是一只瘦得可怜的小猴子。面对这样一个小生物,即使是佩带手枪的人也会忍不住对它和蔼可亲一点。尽管这里规定不可以对任何人表示善意,但对一只猴子笑笑应该不触犯规则。

四

事情发生在几天后的一个下午。两个小孩子在二楼睡午觉,这期间裕子在叠尿布。这时外面传来一阵脚步声,是穿着裙子的塔米诺趿着木屐回来了。刚走到陶管屋和联合泵旁,就听到一阵很大的声音。

"哎呀,这是怎么了?招牌怎么倒了?"

在院子里玩耍的二郎连忙喊道:

"饭田先生,快来!有个招牌倒了!"

五岁的袖子和秀子,摇摇晃晃地围在塔米诺周围。

"支架旁边是不是有个白色的三角撑,应该是它掉到沟里去了。"

孩子们都站在上边争先恐后地看着。旁边的裕子却是一副很惊讶的表情。

"但是,那个不是稳稳地撑着呢吗?"

说着她就走了下来。

"蛇洼无产者托儿所"那白底黑漆的招牌,本应高调地竖立在堆积如山的陶管旁边,与那道沟有接近两米的距离。如今却不见了踪影。

"哎呀!——是谁干的?真是个坏蛋。"

原来,托儿所的招牌竟然被深深地插在了枯草丛生的泥沟中。

"今天早上还什么事都没有。"

"嗯,临走时没注意到。"

孩子们并排站在板桥上,脸上露出惊奇的表情,睁大眼睛看着,被塔米诺牵着手的袖子突然抬起娃娃头[1]大叫起来。

"啊!那个,那是我爸爸做的。"

---

[1] 原文作"オカッパ",是小女孩会留的一种酷似河童造型的娃娃头。

"是啊。坏家伙,对吗?"

裕子慢慢地从陶管一侧放下一只脚,踩在枯草根上,弯下腰伸手去够那块招牌。即便如此,她与那块招牌依然还有两尺的距离。

"小心!你自己要掉下去了!快停下!"

"没事的。"

这时马路对面那家洗衣店的年轻人过来了,他把自行车停了下来,好奇地看着这两个女人带着一群孩子在做什么。

"——没有绳子的话是够不着的吧。"

掸掉手上的泥,裕子也终于放弃了。"等小袖的父亲来了,让他弄上来吧。"

在大家返回的路上,二郎不停地问着:"喂,到底是谁干的呢?为什么要把招牌扔进那里面呀?"

生气的塔米诺方正的脸颊红红的,她拉着袖子的手大步流星地走着,"一定是藤井那帮流氓干的。这一群坏蛋,什么事都干得出来。"

很显然,这件事肯定不是路边的那些醉汉干的。

"还有水泵的事,肯定是那群做间谍的家伙搞的鬼。"

前天早上,临时来托儿所帮忙的女子大学毕业生小仓时子正在井边洗着尿布。刚听到冲水的声音,陶管屋厨房的玻璃门就开了。然后她看见主人政助探出头来,说:"最好不要没有节制地用水哦。打井的也不是那边一家,要是只顾自己的话,其他人可能会有意见哦。"

"十分抱歉。"

时子将洗好的尿布晾到竹竿上,站起身时她和裕子打了个照面,因为刚刚遭到了粗暴的对待,她苦笑了一下。裕子非常理解她的心情,但什么话都没说。

她带着一副因自己的想法而迷惑的神情,先回了家。

"哎,辛苦了,怎么样了?"

塔米诺展腿跪坐[1]着,从裙子口袋里掏出一个牛皮纸包,一枚一枚地数着,最后将这三枚白铜和十一二枚铜币放在了榻榻米上。

"依田的妈妈说已经是第二次了,很不情愿。就

---

[1] 原文作"とんび足",是一种双膝并拢,双腿外展,臀部端坐在榻榻米上的坐姿。

只给了这么多。"

市电纠纷事件为了筹集资金,已经把主意打到了托儿所头上。

"这不是一下子就能解决的事,怎么说也不对。我们也不知道能不能赢,但如果只是一味地被打压就太可笑了。"

市电的员工中成立了几个劳农救援组织,之前蛇洼急需购入几张婴儿床时,是在柳岛的组织帮助下筹措了资金。是因为他们,才有了现在的那三张藤制婴儿床。也正因如此,在藤田工业、井上制革、钟馗袜业、向上印刷这几家公司里工作的托儿所的客户,也对市电的同事们表示了支持。邻居们也表现得很有义气,在第一次筹集资金时竟然捐献了近三日元[1]。但是,那些母亲并没有在她们的工作单位帮助市电的活动筹资,只有被绳子铺的阿花邀请去一起参加消费合作社的展销会的某位夫人,出了大约二十钱。

裕子在几个月前参加小组聚会时曾谈起自己在托

---

[1] 原文作"三円",円为日本纸币单位,后文的"二十钱"原文作"二十錢",一円等于十錢。

儿所的经历，那天也提到了在龟户的活动。龟户为了支援活动特别举办了一次家长会。主办方非常热心地向那些年轻的父母说明了劳动者应该联合起来的事，虽然每个人身处不同的职场，但大家同为劳动者不是吗？那些父母从头到尾都在认真倾听，并且当场筹集了相当数额的资金。但是不久就出现了意外的结果。最开始是一两个孩子不来了，最后一个院里五个孩子都离开了托儿所。

"我们说得太多了，这样反而不好。"

一个睫毛长长的同事这样批判道。

"费了那么大劲儿做的事却迎来这样的结果。说得有道理啊，一旦卷入这次纠纷中就很难脱身。真到了那个时候自己可能随时面临被解雇的威胁，还不如现在就把孩子带回家，远离这次纠纷呢。"

"原来是这样啊，"大谷痛苦地哼了一声，又笑了，"说得是，当时是因为不好拒绝啊。所以，后面就真的有孩子不来了吗？"

"是的，一直到现在都再没来过。"

自从蛇洼的泽崎金被警察带走后，有两三个家长就不再让孩子来这边了。其中一个来自井上制革，孩子的母亲是这么说的：

"我们就是些普通人，但普通人也是有人际交往的。有次我们带着孩子出去，竟然有几个小鬼头朝我们喊'资产阶级来了'，真让人羞愧啊。"

这样的说辞并不是最近才有的。从各地的无产者托儿所展开统一活动的时候，就开始出现这样的情况了。

听到孩子的哭闹声，裕子连忙上了二楼。

阿花的小孩子已经十个月大了，却好像没发育多少，皱着一张小脸，一直哭闹着拒绝睡觉。裕子给他换了尿布，发现小孩子似乎有些消化不良。之前医生说除了母乳之外最好再喂一些羊奶，所以阿花每次一拿到工资就去给孩子买羊奶，为了多挣一点钱有时甚至去工地上帮忙打夯。

裕子在换尿布时，突然听到了袖子的叫喊声。

"听着，以后这里就是我们的地盘！"

裕子把婴儿车推到二楼的扶手间，一边晒太阳，一边往下看。楼下空地的角落，有一架坏了的秋千。此时袖子拉着断绳的一头用力地甩着。二郎穿着一件棕蓝拼接夹克，脚踩胶鞋，站在一边看着。

二郎就这样站着不说话,袖子一会儿认真地看一看二郎,一会儿又耐不住地不停走动着。她那许久未修剪的娃娃头竟然显得有些彪悍起来,前面的刘海已经略微挡了眼睛。

过了一会儿,二郎才生硬地开口了:"喂,这个世界上不存在没有名字的工场。"

袖子气恼地瞪了一眼二郎,然后思索了一会儿,说:"那就叫秋千工场!"

看到这里,裕子无声地笑了起来。

"这个,就是机械!"

袖子一脸严肃地给二郎指了指那根有裂痕的秋千柱子。

这次二郎默默地和袖子并肩站着。他拿起了断绳的另一端,用比袖子粗暴得多的力气摇了起来。摇起来之后,二郎终于表现出了男孩子的敏捷,他轻轻地踩到绳子上。一旦有停下来的迹象,他就用另一只悬空的脚蹬一下地面,再度荡了起来。渐渐地,二郎就掌握了要领,竟成功地荡了快两分钟的"秋千"。

裕子看着他们,不知不觉地哼起不知名的调子来。不知何时成功荡起秋千来的二郎,动作轻松得似乎有人在后面推他一样。

袖子手里依然攥着绳子，站在一边认真地观察着二郎的动作。

过了一会儿，二郎似乎玩腻了，他停了下来，在空地四处乱转着，无意中发现了一块掉落的壁板。他把这块板子拿到绳子那里，想把它系上去，这样的话就更像个秋千了。然而，绳子太粗，板子又太薄太宽，凭借二郎那双被冻伤的小手是很难完成的。话虽如此，二郎依然在那里不死心地一遍一遍尝试着，板子也掉下来一次又一次。不管是家里还是托儿所，二郎都没有一个像样儿的玩具，好不容易找到一架秋千，他绝对不会轻易放弃。裕子感到自己不能只是站在一边看了。塔米诺做什么去了？她一边下楼一边想着，过了一会儿才想起臼井来了。此时他们正在一起说话。听到裕子的脚步声，塔米诺回头看了一眼。臼井没有回头，但他一定知道是裕子过来了，不慌不忙地把什么东西叠好放进了怀里。

裕子没有再往那两人所在的方向走，而是趿上一双木屐出门了。

五

夜深之后孩子们都安静下来了。裕子和塔米诺开始制作临时的广告单。她们一边思考着如何更引人注目，一边调整文字的大小和边框。

自从参与市电纠纷支援活动以来，托儿所的生意变差了很多。裕子等人一如既往地照顾着每天都来的孩子们，有时也会帮助那些因突发急事而把孩子送过来的母亲，并且只收取点心费，她们一心想让托儿所的工作变得更加大众化。与劳救会不同，在托儿所里工作的一般是那些进步家庭里面的妻子，如今托儿所想把人员招聘的范围扩大。

即使有蜡纸，手头也没有誊写版了，只好出门去诊疗所那边印刷。第二天，塔米诺像往常一样穿着裙子和木屐正要出门的时候，臼井来了。

"什么？"

他从塔米诺手里接过卷成一圈的蜡纸翻过来看了看，又还了回去，说：

"那边应该已经在用了吧。"

他对各部门的活动都一清二楚。

"什么？那不完了吗？你是刚从那边过来吗？"

臼井没有回答她的问题，只说："这个我还是知道的。"

"那你怎么没有早点告诉我们呀？我们现在送过去还有用吗？"

"我本来打算今天晚上告诉你们的……"

面对诚实单纯的塔米诺，臼井的这种说话方式，以及裕子前几天从二楼下来时无意中撞见的臼井那无礼的态度等，都让人觉得有些做作。塔米诺和臼井一起出去做好了油印的工作，但过了四五天，她突然又过来说：

"我一直以为波特拉普[1]只是洋酒，原来不是这样啊。"

一天晚上，塔米诺在灯下给袜子补洞。

"也许我很快就会换一个地方。"

她像是自言自语地说。那一晚外面刮着很大的妖风，裕子也在同一台电灯下检查账簿。她头也不抬地一边写着数字，一边很自然地应了一声塔米诺的话。

---

[1] 原文作"ポートラップ"，可能为一种洋酒，具体不详。

"嗯……去哪里？是个好地方吗？"

三个月前，塔米诺被山电气公司以工会理由解雇了，在那之前她一直都在工厂里工作。

后来有人叫她去工会的书记处，但是她自己更喜欢在职场，就跟工会的人说很快就会回职场，这段时间就先来托儿所过渡一下了。

塔米诺低着头，笨拙而粗暴地扯着乱成一团的线，"现在还不清楚呢，"隔了一会儿，又说，"臼井先生终于等到了，很开心。"

听到这句话，裕子不由得抬起头来，思考的时候她有用手指摸嘴唇的习惯。看着埋头做修补工作的塔米诺，她疑惑地出了声，"做……什么？"

裕子心中出现了许多猜测，不管怎么说，臼井和党组织一定取得了联系。

"但是，那件事和你离开这里是两码事吧？"

塔米诺似乎困在了自己的思绪中，没有直接回答，过了一会儿，才说：

"很少有能派上用场的女人，看来大家都很为难。"

这句话仿佛照亮了塔米诺未向裕子言明的想法。

"这次要去的地方，不是职场吗？"

"……"

面对年轻正直的塔米诺,裕子感到自己心中的感情喷涌而出。塔米诺大概是在臼井的劝说下,才产生了要承担某种角色的想法,以为自己可以起到比回归职场更大的价值。据说这些被拉拢的年轻的女活动家,进去之后担任着相当于保姆和秘书的工作,但裕子从很久以前就对这种说法的真实性抱有疑问。她摸着自己的下唇思考着,缓缓地开口了。

"你知道吗?我之前在哪里看到过,那边就是打着管家或者秘书的幌子,诱导女同志去跟人同居,甚至发生性关系,这是不是不太好啊?"

"嗯……"

这一次,塔米诺终于抬起了头。她以一种复杂的目光看着裕子,最终还是什么话都没说,低头继续做针线活。

不久,塔米诺终于结束了手中的缝补工作。她翻开了维系人员名单,开始在牛皮信纸上写下收件人姓名和地址。

夜幕降临,铁皮的房顶被寒风吹得嘎嘎作响。四周一片寂静,可以清晰地听到枯败的树枝被吹落在冰冻的路面上的声音。塔米诺手中的钢笔以一种奇怪的倾斜方式在滑溜溜的纸面上书写着,发出沙沙的声音。

裕子继续着自己的工作,心思却完全在脑海中的一幕回忆上。在一间六席或者四席半大的房子里,竖着一扇绘有远山和松树的屏风,裕子正在一旁的矮桌上写着什么。已是黎明时分,裕子终于感受到身体和思维的疲乏,却忽地听到一阵纸笔摩擦的声音从屏风那边传来。从那稳定的书写声中,甚至可以感受到执笔人流畅的思绪和充沛的精力。裕子静静地听了一会儿,随后向屏风那边的重吉喊了一声:"喂。"

"什么事?"

"……请不要炫耀。"

重吉张着嘴,认真地思考着眼前的情况。他好像突然不明白裕子的话似的,在屏风那边调整了一下坐姿,过了一会儿才反应过来。

"什么啊!"他笑了出来,"我才没有做那种事。"然后又继续落笔,投入自己的工作中去了。

此刻的裕子终于感知到,自己迄今为止经历过的喜悦和痛苦,都将在另一个拥有阶级立场的女性——塔米诺身上重演。

重吉被逮捕、裕子自己也被警察扣留着的那段日子里,有一天,裕子从高高的二楼窗口向外望时,竟发现一只麻雀在警署院子里的丝柏树上搭了窝。

她不由得感叹道:"真可怜,竟然在这种地方筑巢。"

听到这话,旁边那位胡须茂密的男人开口了:"有什么可怜的,它知道这地方安全着呢。"

男人扫视着裕子的全身,又说:"你也生个孩子呗,说不定会很可爱哦。"

裕子直愣愣地盯着男人,说:"那你把深川还给我。"

男人沉默了。

从那儿回来之后,裕子就住在了托儿所里。那年夏天,阿花的一个朋友在工地受了重伤,被送往医院。

阿花的孩子也被放在了托儿所。裕子带着小孩儿睡在楼下四席半大的房间里,一边挥着蒲扇赶蚊子,一边看书。小孩子醒着的时候,总是哭闹个不停。看着孩子哭得鼻头上都是汗，裕子突然想到了一个主意。她解开了自己的白色衬衫，一边把乳头伸到了小孩儿的嘴里，一边说着："好了，不哭了吧。"小公从那时就是个干瘪的孩子，脸色和脚底的血色都很差，但他张开嘴，红红的口腔内壁刚含住裕子的乳头，就马上用舌头把奶头从嘴里吐出来，然后更激烈地哭闹起来。裕子反复试了三四次，终于放弃了这个方法。

"你不喜欢就麻烦了呀，小宝贝，这可不是阿姨的错哦。"

大约过了一个小时，阿花终于回来了。

"非常抱歉，今天真是不得了，天气怎么能这么热啊。"

阿花是北海道出身，一回来就解开了衣带，脱掉外衣后抱起哭闹的孩子。

"好啦，真是个爱哭鬼。"

她掀开衣服露出胸口，将那下垂的、微微泛黑的乳头塞进了哭得气喘吁吁的孩子口中。看到小孩子的脸逐渐恢复了血色，裕子终于松了口气。

裕子站在一旁看着，跟阿花说起刚才的事。阿花漫不经心地给孩子擦掉额头的汗水，才对裕子说：

"他不喝的。因为是不熟悉的味道,加上又凉,他就不喜欢。"

裕子一直忘不了那一晚的事,从那个时候她才知道,自己是一个没有生过孩子的乳头冰冷的女人。阿花则拥有一副"合格"的身体,营养不良的婴儿从尿布中伸出两只缺少血色的脚掌,努力地吮吸着那带有温度的乳房。那一瞬间,这个社会上女性的悲哀与愤怒变成了两幅画面展现在裕子的眼前,并深深地印刻在了她的心中。

那天晚上,关灯睡觉的时候,裕子若无其事地跟塔米诺说:"我说,如果将来真的有什么好地方或者好机会的话,你可千万不要因为一些不切实际的东西就放弃了哦。"

"……"

"虽然好像有点多管闲事,但就像我们的工作一样,判断一个人的好坏应该看这个人的实际行动,不是吗?你和臼井先生从来没有一起工作过吧,我觉得你并不了解他……"

裕子感觉到塔米诺在床上翻动身体,然后就听到她温顺地说了一句:"你这么说也是。"接着叹了一口气。

六

一大清早,辖区内的特高警[1]来了,一直在托儿所附近转悠,他时不时地看看门口摆放的鞋子,突然问:"丰野今天过来吧?"

裕子她们表示自己根本没听说过"丰野"这个名字。

"什么?不知道?说谎吧!明明有人看到他跟你们联络了。"

这明摆着是找碴儿,裕子她们不想再理会,正准备回屋的时候,那人又问:"喂!那个是什么?"

手杖指的正是前段时间被推进沟里又被捞上来,重新竖起的托儿所的招牌。

"那是什么——不是写得很清楚吗?"塔米诺不客气地回答道,"都已经摆在那里一年了。"

---

[1] 原文作"特高",是特别高等警察的缩写,后文同。

"谁让你们摆在这儿的？"

塔米诺不耐烦了："本来就是摆在那里的，不是一直都这样吗……"

塔米诺话还没说完，那人又意味深长地说了一句："那我就不清楚了。"

"反正我们这边没有的话就是不应该存在的东西。日本无产阶级文化联盟好像有，但我们这里是不允许的。"那人说了一通就离开了。塔米诺冲他啐了一口：

"呸！真讨厌！"

第二天下午两点左右，裕子在二楼写新闻稿，忽地听到有人上楼来了，脚步声并不熟悉。她握着笔回头看了一眼，原来是钟馗袜业的稻叶夫人。她手里还提着一个袋子，露出了里面的萝卜。

"哎呀，阿姨您怎么过来了？是有什么事吗？"

"大谷先生今天没来吗？"

"他还没过来。"

稻叶夫人与大谷约好了今晚见面。此时她的眼神变得不同寻常了起来。

"果然，事情不妙了。"

裕子飞快地从椅子上站了起来，问道：

"出什么事了?"

"我……看到了。"

她的声音和表情让裕子不寒而栗。

夫人在互助会有值班,今天正逢休假,她于是出门买东西。从车站前那条街道往这边拐弯的时候,面前出现了一位像是大谷的人,他正和另一个年轻男人走在一起。稻叶夫人跟着他们,想着要真是大谷先生的话就打个招呼。走到收音机店附近的时候,那个年轻男人离开了。又穿过了两条小巷,到达一家点心店门口时,突然一个穿西装的男人拦住了大谷先生,然后又不知从哪儿冒出来两个男人站在了大谷先生身后。

"喂!"

当他想要穿过去的时候,那三个人就把大谷先生围了起来。在稻叶夫人看来,眼前这一切似乎都是一瞬间发生的事。她没有再继续往前走,抬起袖子挡住自己的半边脸退回了街角处。再次看过去的时候,大谷先生已经被戴上了手铐,他甚至还不在意似的整理了一下自己的衣服。

裕子听完,感觉自己的喉咙像哽住了一般说不出话。她用还拿着笔的右手捂住了嘴巴,过了好一会儿才发出了干涩的声音,"大谷先生,当时拿着什么东西吗?"

"啊,我也在想来着,他当时确实趁那三人没注意时偷偷丢下了一个小包裹。"

"前面离开的那个男人穿的也是西服吗?"

"不是西服。就是书生常穿的那种花纹布衣。"

裕子的瞳孔一下子放大了,花纹……布衣……臼井平时就是这么穿的。但是——

"您没有看到那人的脸吗?"

"没有,他是从前面拐过去离开的,我一直在后面。"

这时,塔米诺下楼了。

"听到了?"

塔米诺的脸红红的,目光闪烁着。

"他不是说,要来这边吗?"

稻叶夫人像是预感到了什么,她不安地一会儿看看裕子,一会儿又看看塔米诺。

裕子安慰道:"一定会没事的。"她用眼神向塔米诺示意了一下。

"这里可是托儿所,要是有什么奇怪的事,妈妈们是不会同意的。"

虽然并没有出汗,稻叶夫人还是紧张得一直拿手绢擦着鼻子周围。

"我在想,无产阶级文化联盟的那些人,会不会认为他做了什么呢?"

稻叶夫人下楼离开之后,塔米诺就迫不及待地把自己的行李从柜子里拖了出来。她收拾着那些废纸,忽然小声说了一句:"今后就不在这里继续打扰了,抱歉。"

现在的情况实在让人难以理解。苏维埃之友工会已经扩展到了各地区的职场中,苏维埃见学组也是从那里选拔出来的,如今却因为参加这些活动,连人身自由都要受到限制了吗?虽然参加了市电支援活动,但一直有大谷先生的运作,裕子她们从来没想过托儿所也会受到严重的波及。塔米诺已经出门去打电话,让对方告知自己要去的地方了。

重吉被抓的时候,裕子以为自己很冷静,却在下楼的时候连续两次撞到了额头。当时大谷先生看着她额头上的伤,对她说:"吃了饭再过去吧。"他让裕子坐了下来，那副沉着的样子让人不自觉地安心。在后来的工作中，他提供了许多帮助，裕子也由此成长了不少。过去的一幕幕在脑海中闪过，裕子突然意识到大谷先生已经被抓起来了，腹部传来了一阵疼痛。

忘了是什么时候，裕子听人说有一次大谷先生遇到了危险，他一下子就爬到树上去躲掉了。回去之后裕子就问重吉："真的有这回事吗？"重吉没有直接回答，只是看着裕子对她说："他动作是挺麻利的。"

听到这个回答，裕子愉快地笑了出来。很久之后，裕子依然记得重吉当时回答这个问题的样子。重吉和大谷的友情，远比传言中深刻。这种友情是推动历史发展的一个重要的看不见的弹簧。近来，裕子也逐渐明白了这种友情的价值。

但是，大谷是否真的有必须做的理由呢？裕子总是感觉大谷的做法也有可惜之处。比如，听到花纹布衣的时候，她脑海中浮现的是臼井这个人物。稻叶夫人口中的那个人是否就是他呢？以前裕子曾经隐晦地对大谷提起过自己对臼井这个人的怀疑，大谷却直接地否定了她的不安。但是，大谷真的有确定臼井绝对没有问题的客观根据吗？

复盘这件事的前后经过,裕子再一次感到可惜。

一天之内,托儿所也即将失去塔米诺。

这日裕子出门去诊疗所给孩子们拿驱虫药,回来的时候竟看到二郎和袖子站在桥上等她。他们远远地看到裕子的身影后,就手牵着手朝裕子跑过来。当时裕子看到奔跑的两个孩子,还以为是托儿所发生了火灾。她也不由得小跑起来。迎上孩子的时候,他们抓着裕子的裙子,二郎说,"那个!那个!"他气喘吁吁地说,"饭田先生被抓走了!"

"什么时候?"

"刚才!"

"小仓先生呢?"

"还在。"

那一天早上的报纸写着市电纠纷事件告一段落。塔米诺呆呆地站在那里看了一遍又一遍,她说:

"我们竟然直到现在,还是在报纸上得知了这件事,总感觉有些不甘心呢。"

裕子也是同样的感受。阿花听到这句话后,说:"哎呀,真是困扰。当时听说要罢工,即使是一分钱我也珍惜得不得了……唉。"

而塔米诺一直在给那些捐款的父母做说明传单内容的工作。

小仓急匆匆地跑进来，看到裕子后说了一句："啊，太好了。"然后把裕子拉到了自己身边。

两个特高警过来了，招呼都没打就直接上了二楼，塔米诺紧紧地跟着他们上去之后又下来了。一个人手里拿着一瓶红墨水和一面"红旗"，突然狠狠地打了塔米诺一巴掌。

"装什么？你不是日共党员吗？大谷在里面可全都交代清楚了。"

小仓站在一旁流着泪。

裕子没忍住生气地朝他们吼道："不可能，你们在说谎！"裕子听说过镇压无产阶级联盟的时候，就有人用这一招。凭空捏造一个根本不存在的文本，以其为借口就把人给抓了。

裕子一边鼓励小仓，一边在纸上写下了已经在警察拘留所待了将近三个月的泽崎金和刚才被拉走的塔米诺的事情，她把纸贴在门口，让所有过来的人都能看到。

裕子不知道自己眼下所逃避的这种"永恒性"，

会持续到夜晚,还是会持续到明天。她一个人上了楼,看到桌子周围被翻得一团糟,钢笔落下来直直地插在席子上。裕子安静地把它拔了出来,竟坐在那里写起下午跟来接孩子的父母们开会的要点来。过了一会儿,裕子下了楼,将一个包袱交到了小仓手中——里面是一件她为尚在狱中的重吉织的毛衣。

〔一九三五年四月〕

青春

青春

青春的微妙之处在于，身处其中时人们放声欢笑、尽情悲伤，充分地享受着当下，而忘记了此时此刻到最后也只能沦为人生记忆之一。更有趣的是，精神上的青春，似乎不仅仅存在于惨绿年华，即使是中年、老年，也能孕育出闪闪发光的青春。我深知这一点，然而这种青春的生命和创造力之强还是远远地超出了我的预料。那些做着富含人生乐趣的工作的人们，无论在哪个时期都热烈地闪耀着青春的光芒。如果青葱岁月的终结意味着青春的结束，任谁都觉得是一种悲哀吧。

在许多人的笔下，青春时代充满了烦恼和曲折，朝气蓬勃的生活似乎被蒙上了一层灰雾。记得漱石的某本小说中也写道，青春是孤单的。老师们经常对学生说这些话，对年轻女孩儿来说，这也几乎是句至理名言了。一般来说，女孩儿会比男孩儿更容易感知到这些情绪。回想起自己的十五六岁，果不其然，它是明亮又孤单的。

然而，我们的青春疼痛与当下同年龄段的女孩儿们的青春疼痛又不完全相同。我们的青春时代，即使同样渴求着多彩的生活，渴望亲自去探索、去了解，却往往因拘于世俗而郁闷不已。对当下的年轻人而言，或许依然存在着某些阻碍，但表面看起来，他们至少可以自由地去追寻自己的梦想。或许，他们有另一种孤单。追梦路上的孤单刻骨铭心，累了的时候，它又变成空虚，诱惑着人就此放弃。

悲哀的是，社会给予年轻女孩儿的自由并不是真正的自由。回想起我们读女子学校的时光，才明白，成年人和少女的生活观念是完全对立的，在学校如此，在家亦如此。

在我十五六岁的时候，曾发生过这样的一件事。因为父亲是一位建筑家，所以我的家中有各式各样的画册。有时我坐在安静的房间里，心情愉悦地一页页翻开画册来看。其中一张描绘的是一名裸身少女，她背对着我们坐在水盘边缘，伸手去玩盘中的水。那名少女正好与我年纪相仿，她秀美的背部微微下弯，温和的阳光描摹着那柔韧的曲线。我不禁想象，若是自己也赤裸着，一边沐浴阳光一边玩水，该有多快乐。少女的两根小辫，绑在耳后，垂至颈部，左右两边都系着漂亮的缎带。

当时春日已至，我深深地为那幅画着迷，走到母亲的梳妆镜前，为自己梳了与画中少女同样的发辫，并且系上了父亲送的天鹅绒丝带。

第二天我就梳着这样的两根辫子去了学校。上完第一节课后就被一位女教师留下，当时同学们都出去活动了，空荡荡的教室里只剩我一人。女教师针对我的发型发表了一大通言论，她说没有人会梳这样的发型，太张扬了，会被人嘲笑。不管我是看了怎样的图片，都请不要再梳这样的发型。总之，她当时非常严厉地盯着我说了这番话。

才刚找到最适合自己的发型，却因为这样而不能继续，我感到悲伤、郁闷、无法接受。当时的女孩儿们，都是用一根白色发带把头发全部绑在一起垂在脑后，简直跟樱井站广告牌上画的一模一样。大多数人剪掉了刘海，梳着蓬松的马尾，我对这种发型厌烦得不得了。头发是长在自己头上的，凭什么不能随自己的心意梳理呢？但是站在管理者的立场上来看，这一切就是不被允许的,我苦闷极了,深刻地感受到了成年人的残酷无情。

发型往往是女孩儿展现自我的第一步,却也成了那些无聊的管理者首先关注的地方,多可笑。我记得烫发就一度成为女学生们和管理者之间的角逐焦点。

那时目白女子大学的成濑校长还在世。英文预科一年级的我,参加了一节在哥特式礼堂举办的课。课上每个人都被发了一张类似画册的纸,老师让我们用毛笔在上面随便写些什么。我记得自己当时非常认真地写下了一句话:"放弃吧,既然得不到。"另外我们还有实践理论课,所有大学部的学生齐聚一堂,听成濑校长发表讲话。大家认真地记着笔记,礼堂里都是写字的沙沙声,但成濑校长的声音却盖过了写字声,我听到他高亢地宣讲着自由呀天才呀之类的话。

年轻人对于这些激荡人心的话语不可能毫无反应,但关于成濑校长讲的到底是什么,我依然不是很明白。他一边讲着精神解放、飞跃之类的话,一边又说从女子学校升上来的人,对从外面普通学校进来的人有进行指导的权力。有一次我去参加运动会之类的活动,突然有一个同级生走过来毫不客气地跟我说,我把刘海分到两边再梳成辫子的发型不合校风,让我把头发整理好再来。

那时的我已经不是十六岁的少女,而是一个大学生了,校长明明也一直呼吁着自由、天才之类的话,然而大家在本质上却依然如此狭隘。我生气极了,既然发型不合校风不能参加运动会,那我就不参加了。我在这个学校只待了一个学期,大概也跟这样的事不无关系。

为发型的事苦恼的人不止我一个,学校也有两个女孩子和我一样不幸。我是因为想成全自己的喜好,而她们俩却是由于天生的发质蓬松带来了麻烦。前额的刘海随意地放下几缕,柔顺且有光泽的长发蓬松地披在身后,两人的体形又与这样的发型相得益彰,看起来真是别有一番风味。其实,她们是模仿了梦二[1]所描绘的年轻女孩儿的发型。然而她们俩被盯上、被斥责却不是因为像梦二笔下的女孩儿,而是被误以为在模仿当时学校里的一位年轻的高个子女老师。她们

1　指竹久梦二(1884—1934),日本近代画家、作家、诗人,被誉为"大正浪漫的代名词""漂泊的抒情画家""日本美少女漫画开创者"。

两个人是在上音乐课的时候被注意到的,而前面提到的那位女老师正是音乐老师。当时,学生们一排排地坐在教室的长凳上,老师坐在钢琴前。每节课开始前老师都会弹奏一段和弦,身穿紫缎外褂的老师抬眼扫过所有人的那几秒钟,整个教室就会陷入一种难以言喻的窒息般的沉默和紧张中。钢琴声响起时,大家才会松一口气,而后进入发声练习。有时钢琴声停下,就会听见老师用高亢的声音喊着某位同学的名字,让她整理整理自己的头发。

就像那两位"不幸"的同学无法改变自己的发型,我们对音乐老师的崇拜也无法停止。

拜她所赐,我的四、五年级生活过得堪称"丰富多彩",既遇到了一堆麻烦,又学到了不少知识。她让苦于单调课程的我找到了一个出口,当时她给我们讲解海克尔的《宇宙之谜》一书,也帮我打开了文学阅读之外的大门。

每次回想起那时候,地震后伤痕累累的御茶水女子学校总是不由自主地浮现在我脑海中,以前自己探索过的那些隐秘的角落、爬过的石阶,无一不令我深深怀念。附属学校的学生一般把女子高等师范学校称为本校，本校的主建筑是一栋古色古香的红瓦小楼，正门两侧外延出去有一个常年锁着的小庭院。夏天的时候我常来这边乘凉，正门前的院子十分开阔，偶尔可以看到蜥蜴在铺满砾石的地面上爬行。我坐在杂草丛间的石阶上，听风拂过橡树枝头翠绿的树叶，享受这片刻静谧。午间，从远处的运动场上会传来学生嬉闹的声音。我躲在这里，阅读梅列日科夫斯基的小说和托尔斯泰、陀思妥耶夫斯基的评传，感受到一种隐秘的快乐。

我还有另外一个秘密基地，就在这座建筑的最后面，靠着教堂的土墙，有一个隐藏在茂密橡树林里的小山包。犹记得刚入学那一年，我误打误撞地闯进这里，竟看到山丘之下开满了鲜艳灼人眼的罂粟花，一个人呆站着恍惚许久。自那之后，我便常常带着书来到此处。落叶的声音、湿润泥土的气息、阳光照在身上的暖意，似乎使得手中的书变得更加富有趣味性，我永远也忘不了在那里读书的快乐。

就这样，我数不清自己究竟在那里读了多少本书。

那时候，我的房间是玄关旁边的一个小屋。屋外的院子里有一株枫树，枫树的嫩芽既似柏叶又似绣球花,远远看去甚至还像红丝流苏。款冬也结出了新梗。这间小屋与我父母的卧室虽隔着一条昏暗的走廊,但我经常能听到两人的争吵声、母亲的啜泣声。有时父亲竟对我说:"百合,跟爸爸一起去其他的地方生活吧。"如今回想起,那些只不过是精力旺盛的父母之间微不足道的一些感情波折,而自己却被这些风浪冲撞得狼狈不堪,屡屡通过那条昏暗的走廊跑回自己的房间,那条走廊对我来说也渐渐有了不一般的意义。从门口摸索着进去,打开电灯,可以看到狭小安静的房间里摆放着一张陈旧古朴的大书桌,那是祖父留下来的旧物。我坐在书桌前,仿佛感受到时间在向我低语,而我也渴望着回答些什么。我心潮澎湃地展开了从文房堂带回来的稿纸,开始着笔。就这样,文学成了我最好的伙伴,而长期用以发泄情绪的音乐也渐渐远离了我。

赤着脚打扫庭院,拿旧式的水泵洒水,像服务员一样招呼客人,穿着久留米[1]制的碎花元禄袖[2]和服,

---

1 日本福冈县久留米市的传统织物。

2 日本城镇女性所穿的窄袖便服。

用红色的平纹细布[1]打着贝口结[2]。我就是以这样一副打扮，坐了快八个小时的火车，出现在了福岛的乡下——我祖母家脏旧的厨房里。

那是一座明治初期开辟出来的新村，我童年时期经常过去，当时还很贫穷落后。进村就能看到三个大水池，分别是1号、2号、3号蓄水池。1号蓄水池旁边，有一块长满了开着白花的夏草的跑马场，夏天躺在那里看夕阳西下，惬意得仿佛躺在天空中的彩色云朵之上。此番风景与被压出车辙印的红土村道，以及养鸡养马的老爷爷老奶奶们的生活场景，共同构成一幅乡村画卷，深深地印刻在了我的脑海里。

祖母家后门附近的小水沟旁有一棵杏树。虽然既不开花又不结果，但这棵小树上嫩绿的圆叶却异常繁茂。在一个夏天的午后下起了暴雨，我走出门无意中看到树上的绿叶在暴风雨的冲刷下瑟瑟发抖，突然一阵战栗席卷了我的全身。雨水打在我的身上，顺着皮肤往下流。我走进雨中，感到一股极大的快意。这也

---

1 原文作"モスリン"，是一种平纹细布。

2 浴衣腰带的一种常见绑法。

算是一种冒险精神吗？感官和精神的不可思议的重合，激烈的感官感受与清楚的精神享受，催生出了表达的欲望。在那个时代，我这个连诗都没写过一首的人，突然写出了一篇小说，难道不神奇吗？《贫穷的人们》既可以说是一篇小说，也可以说是散文诗。

我也曾在村子里度过大雪纷飞的时节。夜晚的寒风浩浩荡荡地扫过街面，电线杆发出呜呜的颤声。突然，从远处的街道上竟随风传来了《喀秋莎》[1]的歌声，是一种非常学生气的唱法，歌声渐渐靠近，又渐渐远去，最后消失了。那首歌是在东京与松井须磨子[2]的《喀秋莎之歌》同期流行起来的，所以唱歌的人一定是来自东京。而说到会唱这首歌且来自东京的男生，立刻就能猜到是村子里的谁。我专心地听着。冬夜里，外面天寒地冻，破落的乡村更显空旷。我正望着远处山峦连绵，突然注意到一个穿着斗篷的人影。

我十九岁时，十五岁的弟弟离世了。十六岁时，五

---

[1] 第二次世界大战时期的苏联经典歌曲。

[2] 松井须磨子（1886—1919），日本大正时期的新剧女演员，也是日本第一代著名影星。

岁的妹妹死去了。不仅如此,在那之间还有一个可爱的婴儿,在我母亲为其梳着头发时悄悄地停止了呼吸。

在十五岁死去的弟弟,曾是我的噩梦。他似乎生来就对我抱有一股敌意,发怒时总是扯着我的头发将我推倒在榻榻米上,又踢又打,而且只对我一个人这样。这种困扰总伴随着我,然而即使我感到痛苦,一想到弟弟那成年男子般的高大身材和长满肥肉的脸上做出的恐怖表情,只好继续保持沉默。在弟弟那充满违和的不幸的身体里,潜伏的恶魔过早地觉醒并开始发狂。它嗅到了身边也已觉醒的同类的气息,却因各自的天性注定无法和睦相处,所以才开始以一种野蛮的方式进行反抗。

兄弟姐妹之间的矛盾,在父母眼里全都是小孩子的小打小闹。即使我经常因为以为自己要被弟弟杀掉而哭泣,他们也不曾给予过真正的关心。

这个弟弟是在大正九年的一个暴风天里突然发病,因伤寒发展成脑病而丧了命。他生命一点一点流逝的整个过程,我都怀着一种窒息般的惊恐和畏惧的心情在凝视着,那时我睁大的眼里就已失去了对他日积月累的恨意。我在《临终记》里写下的一部短篇——《一个萌芽》里，记述了自己在目睹弟弟死亡、专注地观察生命之火熄灭的过程时所产生的那些无意识的心理，在如今看来却有另一层思维。我曾拒绝去探究自己在面对亲人死亡时为何没有眼泪，也许，那时候我年轻的大脑里就已充满了所谓的利己主义。

我的第一段婚姻是在我的二十一岁，维持了五六年。对方的年纪比我大得多，早已对生活厌倦，一心只求安稳、平静地度过余生。我是无法理解这种想法的，在我年轻的心里结婚意味着一个新的开始，正因如此我才勇敢地和一个贫困潦倒的人结了婚。但直到我与那人生活在同一个屋檐下，我才意识到自始至终渴望天空的只有我自己，那人只会将头埋进自己的羽毛里，停在地面上晒晒太阳。我看着自己脚腕上不知何时出现的锁链，它仿佛在告诉我，我也很快就会习惯这样的生活。习惯！多么恐怖的一个词。习惯！人类真的可以习惯任何生活吗？我不愿，我不愿去习惯。

从那之后的几年，对我们两个人来说都是充满了痛苦和挣扎的岁月。对那人来说，他无论如何都理解不了我痛苦的本质原因，就像他看不懂我写的文字。

而我，也深陷于对他的爱恨交加之中无法自拔。

在那段痛苦的时光里，有一天我去看望在镰仓海岸休养的表妹们。她们比我小四岁，还没有结婚。我看着她们和弟弟一起在亭子里玩耍，脸上洋溢着的是一种发自内心的愉悦。我意识到，自己的痛苦是与这帮年轻人无缘的，它只扎根于我心里，让我越发绝望。到了下午，我们来到了沙滩上。温暖的晚秋阳光落在沙滩上，表弟们坐成一排。其中一人不知想到了什么，突然戴上帽子吹了一声口哨，躺下的身子顺着沙滩的斜面咕噜咕噜地滚下去了。表妹们一开始吓了一跳，后面又哈哈大笑起来，卷起自己精致的衣服下摆也学模学样地滚下去了。看到此情此景的我，心里涌上一种不可名状的感受。我把裙子卷进腿间，紧闭着双眼，也从坐着的地方滚下去了。我不由得冒出一种想法——要是就这样滚着滚着消失在这个世界上就好了。那一天，我和表弟表妹们在沙滩上不知滚了多少次，我享受着在剧烈的翻滚中失神的那一刻，把自己的身体一次比一次更重地抛在了沙滩上。

〔一九四〇年三月〕

贫穷的人们

貧しき人々の群

一

贯通村落南北的大道上,有一家农舍。与其说那是一个人类的住所,不如称之为某种动物的窠巢。脏乱的家中窗户寥寥,光线昏暗。

三坪大的屋子里,零零散散摆放了一些家具,房梁上有个热乎乎的鸟窝,未出产褥期的雌鸟在里头咕咕地叫个不停。

墙角处摆放的圆木梯子上沾满了粪便和掉落的羽毛,精瘦的雄鸟微微倚靠在旁,守护着上方的雌鸟。

一切看起来是如此简陋与贫苦。三个男孩围坐在火炉旁,焦急地等待着自己的食物。

他们有的将一只手枕在头下,另一只手拿着未烧尽的树枝翻弄着火势渐弱的火堆,叹了口气。有的急不可待地晃动着细瘦的腿,偷偷看着还未冒热气的烧锅和兄弟们的脸。但是没有一个人出声，几双粗野的眼睛里闪烁着光芒，以前所未有的热情，关注着眼前正在蒸煮的土豆。

脑海中充斥着食物的颜色、形状和味道，旺盛的想象力唤醒了涎腺，唾液急速分泌，双颊因为不断地咽口水几乎产生了痛感。他们一边因这种过度的想象而感到头疼，一边又忍不住地发出吞咽的声音。

几个小孩子一年到头肚中空虚，从未有过饱腹感。无论白天黑夜，总是被旺盛的食欲反复折磨，一遇上食物就贪婪得如同失掉了人性。

此时此刻这三人心中都盘算着："如果只有我一个人的话，那这些吃的就都是我的了。"平时亲密无间的兄弟，在这种时刻也变得多余了起来。不知何时家鸡已经把尖喙伸进了草袋子上的破洞，啄食着粮食。父亲曾严厉提醒过，这些米一粒也不能浪费，然而此刻他们却因为沉浸在自己的思绪里，完全没有注意到这件事。

鸡和小孩，都是分别被自己眼前的食物吸引的生物。

刚才就一直在门口向内张望的野狗，不知想干什么,突然像一颗陨石一样跳进了鸡群之中。

正沉浸在稻米美味中的家鸡几乎被这个半路杀进的天外来客吓破了胆,发出一阵阵刺耳的"咯咯哒"声。它们疯狂扑棱着翅膀,将家里搅得一团糟,空气中全是飞扬的尘埃。

因为闹的动静太大了,那只野狗反而不知所措了起来,用湿漉漉的鼻头擦着地面,在原地徘徊着嗅来嗅去。

它耷拉着舌头,薄薄的皮下肋骨清晰可见,伴随着呼吸不住地颤动。

因为这个意外,孩子们都站了起来。最年长的孩子从炉火里拿出了一根还在熊熊燃烧着的木棍,使劲儿往野狗那边扔了过去。那根木棍吐着火焰,重重地落在了野狗的后腿边,霎时间火花四溅。野狗被吓得低声哀嚎,拉长身体猛地起跳,终于逃出门外。

木棍上的火熄灭了,继而散发出一阵浓烟。

伴随着这场小闹剧,孩子们焦急等待的时间,也在极度缓慢地流逝。

不过,渐渐地,锅中终于发出了令人喜悦的咕噜声,众人的表情突然之间明亮了起来,眨巴着满是笑意的眼睛,紧紧地盯着。

过了一会儿,大哥拿来了木碗摆在炉边,碗里还附着着一些早上的食物残渣。现在,要将这散发着温暖香气的、惑人心智的土豆分成四份。

一个两个三个四个。一个两个三个四个。

他依次分放着土豆,但突然被强烈的诱惑驱使,一边暗暗瞟着众人的脸,一边在给弟弟们分放的时候又快速地往自己的碗中扔了一个。

当他若无其事地继续下一轮分放时,突然有个弟弟强硬地喊道:"哥哥多一个,我也应该多一个!"随后另一个人也发觉不对劲,围了过来。

大哥因为自己失败了而气愤不已,但还是一脸惋惜地给摆在面前的几个碗里又分别加了一小块。

但是,第一个发现不对的孩子仔细比对了土豆的分量后,说:"我不要这个,为什么你的那么大?"说着就要伸筷子去夹哥哥碗中的土豆。

大哥什么都没说,上去就往弟弟的脸上来了几巴掌。弟弟瞬间哭了起来,"你也别想多吃一块土豆!"他咬着牙齿攥紧了拳头,跟哥哥打了起来。

不一会儿,三个人便打成一团,哭喊着,踢打着，场面十分混乱。最后，甚至都忘了是为了什么而打起来。坚持使劲儿殴打着对方的他们，也渐渐体力耗尽停了下来。三人皆有些茫然若失地呆呆站着，但又凶狠地望着对方，就在这互不妥协的威视间，他们突然发现珍贵的土豆竟不知何时滚落在了灰烬里。

大家都迫不及待地想要捡起来吃，但谁也不敢率先伸手去拿，于是最先动手的那个孩子低声说了句："我们吃吧。"随后便捡起了土豆，剩余的两人也连忙加入了。

于是，三人重新合计了土豆的数量，和平地进行了分配，最后终于各自端着一碗来之不易的宝物，细细品味了起来。

这就是这位名为甚助的，为主人家任劳任怨辛勤耕作的佃户家中的故事。

二

正值当时，我就在甚助家后头的旱地里。本来只是随便逛逛，却没想到碰到了这样的一幕，我站在一旁的树荫处，饶有兴趣地看了起来，于是关于土豆的争执被我尽收眼底。一开始的时候,我只感到他们是如此无聊且无知,渐渐地又感到有些可怕,最后竟然觉得他们可怜得不得了。对他们而言,一块土豆究竟拥有着怎样的魔力?如果可以的话,我愿意请他们吃土豆吃到腻。我感觉自己像被彻底打败了一般,对这几个孩子产生了极大的好奇心,迫切想要近距离观察他们。

我迅速地走进去了,却不知怎的感到些许尴尬。

尽管对方只是些小孩子,但还是有点难为情。我呆呆地站在门口,想着要是能有人来把我领进去就好了。从后门那里,可以清晰地看到孩子们一边嚼着自己嘴里的土豆,一边又偷瞄着其他人的碗里。

这时正好碰到一位甚助的亲戚,这位精神矍铄的婆婆每天都到这户只有孩子在的家中看望,今天她也如往常一般来到了这里。

我连忙拜托婆婆带我进去。第一次踏进了甚助的家,那里面比我想象中还要脏和臭。

我站在门口望向屋内,几个孩子也目不转睛地盯着我。婆婆慈祥地询问关心着一脸莫名其妙的孩子们的情况。

"孩子们今天去田野里玩了吗？乖乖看家的话，婆婆下次再给你们买点心吃哟。"

然而没有人回答她。不管婆婆说什么都不做任何回应的孩子们，顽固得即使骨头折断了也只是面无表情地看着你，不发一言。大家都用一双充满憎恶的眼睛瞪着我，让我感觉我似乎根本不应该来到这个地方。

不管婆婆如何劝解教导，孩子们也完全不在乎这些道理，婆婆口中"令别人尴尬"的沉默依然持续着。

我搞不清楚他们为什么要如此沉默，感觉心口像被人狠狠踢了一下，尽力微笑着朝着大哥问道：

"爸爸妈妈去哪儿了呢？你们会不会很孤单？"

不知什么时候绕到我身后的二哥突然爆发出一声刺耳的喊叫："哇！"然后一下子站了起来。

我在感到诧异的同时，心中也难免有些愤怒和不快。但是，我又问了一遍：

"一定很孤单吧？这里一个人都没有。"

尽管十分气愤，但我心中对他们还是保留了一丝同情。

对于这些终年清贫、艰难度日的孩子们,我还是想尽量温和一些。然而,更让我惊诧的是,他们竟然朝我怒骂:"不需要你这家伙的假惺惺!"我的灵魂几乎都要被这尖锐的话语刺伤了。

我感到一阵眩晕。

一瞬间,仿佛眼前发生的一切都成了幻觉。

我站在那儿,无法言语也无法动弹。稍微冷静了一些后,一股不可消解的愤怒和羞耻终究还是涌上心头,我感受到情绪的混乱和冲撞,陷入了极大的痛苦中。

我只有逼自己宽容。我那颗只顾追求胜利快感的病态虚荣的心脏,受到了狠狠的鞭打。大脑一片空白,失去了判断力,唯独剩下咬牙切齿的声音。

婆婆没想到事情会发展成现在这样,一时也有些怔忪。我被安排坐了下来,随后她使劲拉着孩子到我面前,用眼神示意他们赔礼道歉。

"站过来,你这家伙,一点礼貌都不懂吗?来,道歉!"

我想我也许该回去了。

当我背向站在婆婆跟前的孩子们时,一想到自己充满愤怒的双眼,一想到自己在如野兽一般的孩子们面前是如此畏缩、懦弱和丑陋,就羞愧得恨不得就此消失,滚烫的泪水盈满了我的眼眶。

我垂头丧气地走在杉并木[1]的小路上,不想任何人看到我的脸,也不想同任何人说话。突然后方一颗石子呼啸而来,砸在我的脚边,又滚到旁边的草丛里去了。

当再次听到咻的一声时,我反射性地扭过身子一看,发现几个孩子站在不远处甚助家的门口。

看到我回头,最年长的那个孩子手上拿着石子,摆出了一副威胁的姿态。

我一边看着他们,一边笨拙地跑进了杉树的树荫里,试图躲避第二次的攻击。

我抓着杉树粗壮的树干,硕大的泪珠又不住哗哗地流了下来。

三

"这算什么事啊!"

---

[1] 原文作"杉並木",即两旁都种植杉树的林荫道。

一想到当时的情形,我就不由自主一阵脸红。为什么我要承受那般羞辱?我对他们说了什么过分的话吗?我没有任何的恶意,分明是在同情啊。我从内心深处感到他们是如此孤单,没有一丝作假的心情,不管怎么看都完全出于真诚的关心。

我无论如何也无法理解这些孩子的想法,所以对于他们的谩骂而产生的愤怒越发强烈和沉重。

我不是你们可以随意侮辱的人。

人家亲切待你,你却投之以石,这像话吗?

我真讨厌这些小孩子。一想到这件蠢事即将传遍整个村子,而我可能马上就要成为这些满身泥巴的农民口中的笑柄,我就恨不得把这几个孩子、把这一切都毁灭干净。想着这些事,我郁闷得连饭都吃不下了。

然而,傍晚时分,来了一位名叫仁太的长工。在与他交谈的两个小时里,我突然悟得了解决眼前这道难题的一丝线索。

这个贫穷的长工就在大约两里之外的一个村庄干活,据说每次过来都一定有所求,相当令人困扰。

当我看着他日渐衰弱的身躯,听到他说着认命一般不知所谓的丧气话,忽然就想到了甚助。

甚助不就跟眼前这个长工一模一样吗?

唉!那几个捣蛋鬼不就是这种可怜的长工的孩子吗?这个认知逐渐抵消了我心中那些愤怒或其他的情绪。

不过,有一个念头始终无可回避地植根于我的心中。

那些孩子,现在真的知道自己的父母是在为谁劳作吗?

不顾收获与否,就迫不及待地搬走了他们的米袋,究竟是什么样的人才会这般毫不留情呢?

随着这些孩子逐渐步入社会,了解生活的残酷和父母的艰辛之后,在心疼父母的同时,对于那些总是比自己吃得好穿得好,说着不同的话做着不同的事的人,也很难不产生憎恨和猜忌吧。

"让我们的父母心痛流泪的,不正是那些说着漂亮话,穿着丝质和服,被一堆人恭维着的家伙吗?"

亲切的话语之下,是裹着糖衣的毒药。"千万要小心城里来的那些人。"这样的告诫几乎被种在了这些孩子的心里。所以当我说着貌似温柔的话出现时,他们怎么可能信任我呢?

在他们的脑海中,首先闪过的是忌恨。

"又来说好听的了。"

所以,为了快点赶走这个讨厌的入侵者,他们喊道:"不需要你这家伙的假惺惺!"

他们已经知道,所谓的亲切,远远不只是亲切。

深知贫穷多艰,对于父母那深切的情感,在与敌人作斗争的反抗精神已然极端化的情况下越发强烈,一股由衷的同仇敌忾萌生了。

尽管模糊不清,但与敢于直面现实生活的他们相比,我的心是多么天真!奢侈又臃肿!

是我错了。在他们这样贫穷的人们面前,我必然是错的。

当时的我尽管是亲切的,但也确实带着几分自大和轻蔑。并且,越是远离他们,就越感到一股小小的安心和自豪。

难道我从未觉得自己比他们更高贵吗?

当然,我并不是怀着愚蠢的想法,有意地做出傲慢的行为,只是长期养成的习惯使然。但这不知不觉间形成的看似有教养的世故,才真正令人感到恐惧。

我们与他们，皆在人间苟活，究竟有何不同呢？

难道就因为我们在生活上从未有过物质上的烦恼，就可以轻率地认为他们是贫穷又丑陋地活着吗？

为什么他们疲劳的眼神就一定要被我们的傲慢打扰呢？

我们必须是他们诚心诚意的同盟者。

世界本就是不公平的。一旦出现天才，世界的某些角落里也会出现更多的愚人。既然有富足的一群人，就会有更多的人群因为饥饿徘徊在生死线上。

富人和穷人皆存在，这是宇宙之力无可抗拒。然而，无论你多么富有，也没有在穷人面前妄自尊大的权利。

就这样，我对自己发誓。

我想：在我与他们之间，那条令人厌恶的沟壑会逐渐被填平，而后建造起一座美丽的花园。

四

我感到自己的生活亟须变革。思绪翻涌间，我开始回顾起自己迄今为止的人生境遇。

我的先辈，是K村的开拓者。距离首都百余里、被群山环绕的这个小村庄，在同属于福岛县的村落中也称得上是贫困地区。

明治初年，我的祖父倾尽半生心力，聚集各地移民，在这片新开垦的土地上建造了这座村落。不管是南方还是北方的人民，都受到新开地的诱惑，怀揣着梦想，离开故土来到了这里。然而，来到这里的可怜人们，并没有得到他们梦寐以求的成功，依然是和从前一样持续着辛劳的生活。年复一年，尘满面鬓如霜的人们，早已失去了再次迁居异地的勇气，只能在此终其一生。因此，无论过去还是现在，这些人的贫困生活从未改变。

而距此地不足一里的K镇，却因为成为岩越线的分岔口，顿时改变了模样。这个村子也因此受到了不小的影响。这里的农民一方面受到来自都市风情的精神冲击，另一方面又囿于自身根深蒂固的陈旧观念，生活由此变得更加慌乱和滞重。

村子的状况绝对称不上良好。想要改变长期的面貌而进入一个全新的状态，必定会出现矛盾，而这种不协调也会让生活在这里的人们变得更加痛苦和慌张。

然而，祖父早已于十七八年前逝世，没有看到这里的人们逐渐安定起来的生活。

他的一生应该是满足的吧，在村子高处建了自己的房子，与妻子一起生活，照看着自己的田地，写着自己喜欢的诗。

而后祖母一人，依旧守着这个家和祖父的遗志，护着那片田地，不管世界如何变化都独自生活着。

一年到头住在东京的我，每到夏天都会来到祖母的家中，在这里度过远在东京时无法想象的两个月生活。

村里的人几乎都知道我。他们一听说东京的大小姐过来了，纷纷拿着蔬菜和水果过来看我，我也不得不一一回给他们东京的特产。有时候一大早就有佃户过来卖惨，让我免了他的年贡米。

我被这些人百般奉承，一天早晚要去田间地头闲逛两次，要么是挖池塘里的慈姑，要么是在私人山头玩一整天，纯粹过着地主家的傻儿子一般的生活。不会被任何人用言语干涉，尽情地释放自己的天性。

但现在一回想起当时被大家当成公主一般，我就羞愧得无地自容，陷入自我嫌恶的境地。

不管怎么说,村子里的人都是为了自己的利益来讨好我的。

为此,我也暗暗制订了许多计划。当然,人们应该在认清生活的同时也不陨灭美好的希望,可对于开拓新的家园来说,在一个凛冬漫长、地质恶劣的地方,招来一群贫穷的人们,真的算得上是一件伟大的事吗?这样的疑问一直回荡在心间。

开拓者自己,在某种程度上因为实现了心愿而喜不自胜,又被尊为这个村子重要的历史人物而为后人交口称赞。然而,那些可怜的移民呢?为这些伟人事业提供了最重要条件的那些穷人,又得到了什么回报呢?

对开拓者来说如此不可缺失的他们,二十年至今却空守着贫困。年复一年,被贫穷折磨,被世间遗忘,然后默默死去。

我必须为从祖父时代就开始受贫穷折磨的这些人做些什么。迄今为止,要做的事情明明有很多,懦弱的我却始终视而不见。这份愧疚,化作了我在面对村民时的那份谦卑之心。

甚助的孩子对我恶作剧后的第二天,我比平时醒得都早，就在田地里晃荡了一圈。充斥在天地间的玫瑰色的云雾、赤脚感受到的带着凉意的晨露、扎在皮肤上的绿意盎然的杂草、农作物和树木在黎明时分散发的气息，无一不给我莫大的安慰！

怀着这样愉快的心情，女佣都被我逗笑了。我在大炉旁一边守着灶火，一边把不要的蔬菜都挑拣出来。这时东侧的土房里来了一个女人，来者正是甚助的妻子。

听说是来找我的，我过去一看，一个穿着工作服、头发蓬乱的女人赤着脚站在那儿。

她一看见我，赶忙说道："小姐早安，昨天啊，听说我家那些饿死鬼可冒犯您了，我来给您道歉啊，这个臭小子，你过来，给小姐说对不起！"说着竟然从背后拉出来一个小男孩。

这个小孩低头沉默着，没有脸红，也没有慌张，一副完全不依赖母亲的样子，孤零零地站在那儿。

女人一边流着泪看着孩子，一边不断地重复着求我原谅的话。她说自己的孩子就跟畜生一样野蛮，让我毫不留情地惩罚他们。

但是我是很讨厌别人向我赔礼道歉的。人们在我面前豁出一切不停求饶的样子,到最后真的让我感觉很羞耻。不知为何自己好像无意间成了一个暴君,然而我却正如母亲所说,实际上是个懦夫。

现在,我的这个毛病又显露出来了。我对她说自己已经不记得是哪个孩子冒犯了我,早已不生气,也完全没有在意这件事情,实在不用这样专门来道歉。

然而,就算我口干舌燥地请她不要再斥责,她却好像觉得我是在讽刺,越发地对孩子严厉了起来。

"这家伙嘴巴就知道吃,不知道说好话,快点道歉,说话!"她拽着孩子的手腕,拉扯推搡着,但这孩子依旧还是倔强地保持着沉默。

我很清楚甚助的妻子是什么心情,正因为知道,看到这种场面我才更加难过。

她完全不听我在说什么,继续怒骂着孩子:"你这小子怎么回事?道不道歉?"说着突然抡起手掌朝孩子的脖子上打去,那力度让人感觉脖子都要被打折了。我连忙喊道:"请不要这样!快让开!"大叫一声扑了过去。我震惊得几乎喘不过气来。然而,这个母亲却露出了满意的笑容,她说:"我就不再打扰您了。"然后就往田地那边去了。

家里的女仆看着她离开,笑着说了声:"甚助妈妈是个很会说话的聪明人,她是把一切都想好了才过来的。"

五

村里的一个十字路口聚集着许多人。

小孩、扛着锄头的男女、牵着马的外村人,一个个脸上带着促狭的笑意,闹哄哄一片。而人群正中,局促地站着一个双手都拿着鱼,无助地笑着的罗圈腿男人。

他穿着一件肩上有大裂口的女式衣服,只用细绳系着,从松松垮垮的接口处,露出细瘦的小腿。

散开的头发凌乱得如同烂线头一般,里面竟还夹杂着一些树叶和碎稻草。他的下眼睑处眼袋明显,双目无神,眼球严重凸出。紫色的嘴唇上翻,露出歪歪斜斜的又脏又黄的牙齿,鼻子两侧肿块明显,红通通一片。

每一个动作,都散发出一股夹杂着其他臭味的鱼腥味,几乎让人作呕。这个人便是"善痴"。五六年前,他突然失去了理智,也不回家,一天到晚在村子里游荡,走到哪儿都带着一张草席,就地而眠。

一旦找到了心仪的场所,要么是被人赶走,要么就是一连几天都留在那儿。他呆坐在树荫下,一会儿抓抓狗身上的虱子,一会儿拔拔地上的草。

他特别喜欢狗,也从不发疯。所以村子里的人一看到他就把他揪过来恶意地戏弄。

正值当时,他不知又跑去什么地方过了四天,十分疲惫地回到村子里。他只想随便找个什么地方躺下来休息,突然就看到了自己的好朋友小狗。小狗冲过来热情地舔他的脸,他也开心地看着小狗。

"善痴!你干什么呢?"

突然五六个孩子叫喊着跑了过来。这几个平时最爱恶作剧的孩子一瞬间就把傻子围住了。

大家毫不客气地取笑、辱骂着他,戳弄他手中的鱼,甚至挑衅他的小狗。

"喂!脏鬼,那鱼都被狗舔过了你还要吃吗?呸!呸!不会得上狂犬病吧?"

"嘿,傻了吧!人家说不定早就有狂犬病了,你再靠近点小心小命不保!"

"哈哈哈！真的哦。"

"哎呀呀……"

在场的人们都笑了起来。

听着那些肤浅而愚蠢的笑声，善痴也呆呆地小声笑了起来：

"嘿嘿嘿。"

他的笑声传到人们耳中，使人非常不快。

"真是太讨厌了！"有个人说道。

另一个人笑他："那你走啊，还留在这看什么呢？"

"喂！你的鱼掉了！傻子！"

"哈哈哈！"

聚集在一起的人们，被低级的好奇心驱动，互相推搡叫喊着，喧闹声忽大忽小。

不过，慢慢地，人们也一个个离开了。善痴脸上的表情更加不耐烦，手里的鲑鱼眼看着就要掉下来了。他踉踉跄跄地走到路旁的大橡树后面，像个婴儿似的仰着头睡了起来。张着大嘴，咕哝着鼻子，片刻间就睡着了。

而那只狗伸长了脖子，吃起他拿在手里的鲑鱼来。孩子们一边模仿着他傻乎乎的动作,一边不停地想要叫醒他。

一个孩子用"狐狸尾巴上的毛[1]"搔他的鼻孔。

善痴一动不动,孩子们竟然得意忘形地脱起善痴的衣服来。他们笑闹着快要把善痴脱光,突然一个目睹这一切的人朝他们怒吼起来:"不要做这种事!老天会惩罚你们的!"

孩子们被吓了一跳,停下了正在恶作剧的手。过了一会儿才回过神来,里面那个带头的十四五岁的孩子,大声回骂了起来:"怎么一大清早就有老头子骂人啊?少来管我们的闲事!"

"有人知道他是谁吗?"一个人问。

其中一个孩子得意地说:"啊,我知道!"

"你是水车坊[2]的阿新吧!听说在北海道混不下去,回来找妈妈了。你妈还说你是个没出息的玩意儿。"

大家都笑了起来。

然而,阿新却不为所动,只说了一句:"做事之

---

[1] 原文作"狐のしっぽ",可能是狐尾草的意思。

[2] 原文作"水車屋",即利用水车把米和麦磨成粉的磨坊。

前要先想想。"然后就离开了。

留在那里的孩子们不断地辱骂着阿新,也没了恶作剧的心情,他们喊着:"我知道自己在做什么!"然后一人踢了一脚几乎赤裸的善痴,跑着离开了。

六

据善痴的母亲说,她今年已经六十八岁了,如今和孙子一起借住在某个农民家的废弃谷仓里。

虽然不用付租金,但那里的环境和猪圈没什么分别,一年到头到处都是跳蚤和臭虫。

尽管如此,这位狒狒婆婆——因为满脸的皱纹和一头白发,身子又弯得厉害,所以大家都叫她"狒狒婆婆"——已经很满足了,毕竟善痴家这几代人,能活得像个人样就已经是老天眷顾了。

在善痴的痴呆症还没有那么厉害,可以像个正常人一样工作时,他有了一个孩子,然而这个孩子生出来之后又是一个傻子。

他的妻子忍受不了,跑了,于是只有善痴的母亲一手养育着儿子和孙子,过得十分辛苦。

善痴的儿子虽然已经十一岁了,却还是什么话都不会说,身体的发育也很不乐观。看起来只有五六岁的躯干上,挂着一个比常人大出一倍的脑袋,细弱的颈部常年晃晃悠悠,仿佛支撑不住那重量。并且,他整日里只吃豆腐,无论其他食物多么美味都一概不理。

他只知道自己唯一的食物大约是叫"大腐",村子里的人一直说这其中肯定有什么古怪。

说起来那是很久之前的事了,镇上来过一个很灵验的巫女。那时,狒狒婆婆也带着自己的傻孙儿去瞧过,那位巫女说,婆婆家往上十几辈的人做过剥马皮的生意,所以是那些被剥皮的马的怨灵在捣鬼。只要拿出十块钱来祈福,就可以将其降服。然而,婆婆却拿不出那笔钱。最终,既没拿钱祈福,也没有去看医生,自己也只想要忘记这回事。

即便如此,为了活着,狒狒婆婆还是会到别人家当用人、帮洗衣服。三餐都是随便找个地方对付一下,所谓的家也只是个睡觉的地方罢了。他们在村中受尽冷眼,总是惹出麻烦。

为了让大家更加地可怜她,婆婆甚至把自己的年龄都说大了两三岁。

看着村里那些穷人,我越发地可怜起这位朝不保夕、疲于奔命的婆婆。虽然她有时候会做一些令人厌烦的事情,但也是为生活所逼,所以人们本不应该嘲笑她,更何况恶语相向。明明已经步履蹒跚,早就过了知天命的年纪,却从早到晚徘徊在别人家门口,只为讨一口食不知味的饭菜,多么可怜哪!

我尽可能地把家里一些内务事交给这位婆婆来做,让她在我家里吃饭,送她一些旧衣服之类的东西。虽然她对我很客气,但因为实在太穷了,所以经常还是会不顾廉耻地展露出贪婪的一面,让人感到不舒服。

比如要食物的时候,不仅是桌上的东西,就连厨房里那些剩下的食材,她都想全部拿走,还说着就算不给她也会烂掉。这种时候如果不答应她的话,她就会很不高兴,然后招呼都不打就回家去了。看到我们穿新衣服,她还会一件一件扒着看。

虽然我很厌恶这样的事情,但如果想要融入这些穷人的生活,就只能强逼自己去习惯。

随着善痴的母亲越发频繁地进出我家,我与村中其他穷人接触的机会也变多了起来。

我知道了桶匠一家。桶匠酗酒,后妻是酒馆里的女招待,女儿三年前得了肺病,已经没了治愈的希望。

我知道了那个中了风直不起腰的男人,知道了聋哑夫妇。对着这些不断发着牢骚、阴沉的人,我逐渐开始流露出微弱的同情。我做的只不过是一些微不足道的小事。我也明白,即使我拼尽全力去做,也改变不了什么,更得不到什么结果。

但,我自己感到很开心。

只是想着为这些穷人做点什么,我就已经相当快乐。

每一天,我都沉浸在这些不断出现的琐事中,并且心满意足。但是,有一件事对我来说真的很痛苦,那就是看到善痴的儿子。每当他一个人孤独地靠着路边的树,无精打采地站着的时候,我都感到非常心疼。

我真的很想和他说说话,为他做点什么。

但一看到他瘦削的身体、阴森的表情和那张丑陋的脸,明明自己什么都还没做,就已经无法忍受到想要逃离。

他的眼神令我恐惧，我甚至无法冷静地从他身边走过。惊恐于他会突然冲上来掐住我的设想，我只能偷偷摸摸地避开他的视线，心里却在进行着痛苦的拉扯——我既想着一定要为他做点什么，又控制不住地感到害怕。

万一，明明可以通过一些方法，在这个被认定是白痴的孩子身上发掘出一些天赋，而旁人却兀自抛弃了他，使他永远待在黑暗的世界里了却此生，那该有多可惜。

他既然活到了现在，就一定有他独一无二的能量。保存了十一年的生命力量是巨大的，尤其是在这个极度不适宜人类生存的地方。

尽管有些异想天开，但我却一直坚信着一定会有一件事情能够触动他的灵魂，而他实际上是一个天才人物。他父亲在人类中是个疯子，但是，却和狗建立起了一种独一无二的联系，不是吗？

愚人的心理对我来说是个谜。越是不懂，我就越想要去探究。

七

啊，多么美好的清晨！

蔚蓝色的天空一望无际，银青色的山峦连绵不断。

云雾也朦胧，散发着乳白色的光，消失在远处的耕地尽头。

你听，树上所有的叶儿都在窸窣欢笑，那晶莹剔透的露珠在上面轻轻起舞。你看，人人敬爱的太阳，正将万丈光芒普照在大地上！

这是多么壮丽的景象啊！

我无时无刻不在为这一轮似火骄阳的存在而感到欣喜若狂。

"早安，我的太阳！您总是一片祥和，是您，让我得以如此健康地出现在您面前。今日依然要托您关照，再次向您致谢，我伟大的太阳！"

风吹落了树叶上的露珠，从那边的天空传来了一阵清香。

森林中的鸟儿停在树梢啼声婉转，家家户户院子里的小鸡也纷纷唱起了报晓歌。

路边的草丛中,蛇莓结出了红色的果实,野蔷薇的小花儿依偎在一旁的灌木丛上,虫儿不惧露水的濡湿,愉快地在其间爬行。

桑树结出的新叶飒飒作响。

野鸟成群结队地在天空翱翔。

一切正在苏醒。

这是一个多么让人心旷神怡的清晨!

我心情雀跃地漫步其间。越过田地,踏过草路,不一会儿我就来到了村子里唯一的一所小学附近。

已经是上课的时间,从外面依稀可以看到黑头发的小孩子们正在认真地听讲。

我坐在一片无人的草坪上,回忆起了自己的小学时代。思绪汹涌间,随着朋友们和老师的面容一一清晰地浮现在眼前,我突然记起自己来到这边大约第四年的时候曾经常借用这所学校的管风琴。

一边想着似乎就是那边的教室,一边看见里面一个孩子起身回答不出问题,正不知所措地看着黑板。

随着回忆渐渐明晰,当初自己借管风琴时的情景历历在目。

我那时用一根洁白透亮的丝带捆起了头发,身着淡绿色和服。

我拿着父亲从国外寄来的谱本,来到这所小学,然后请求一位独自留校的年轻老师将管风琴借给我。

我仍记得这位看起来很和善,只有二十三四岁的圆脸小眼睛的老师,他目不转睛地盯着我,很干脆地表示了拒绝。

他说一旦出借,那么其他人来借的时候都不好拒绝了,这样一来,要不了一个小时这架管风琴就会被弄得一团糟。他给我解释了一堆原因,但我完全不想听,只默不作声地站在那儿。

于是这位老师也沉默了。

过了一会儿老师终于有点生气了,问道:

"你到底是哪儿来的?"

"我?我是岸田家的人……"

当时还只有十来岁的我究竟是怎么想的呢?

"岸田家的人……"

我是那么从容和自信地说出了这句话,想着只要他听到名字就一定会借给我,当时我的脸上甚至还挂着盛气凌人的笑容。

"啊!原来是这样,那没关系的,您尽管使用。"

在他的引导下，我终于满足地把手指放在了琴键上。

事到如今，我在对这位正直的年轻老师感到抱歉的同时，又不禁为自己当时的态度而感到懊丧不已。

即使是面对年纪尚小还不懂事的我，这位老师也收回了自己有理有据的发言。我一想到他年纪轻轻便习惯了屈己从人，就难受得不能自已。

如果现在的我是那位老师呢？

我连理由都懒得问，更何况看到对方是那样一副目中无人的样子，我大概会将他狠狠斥责一顿，再直截了当地拒绝吧。

我难过得快要哭了。

尽管明白自己是个满身缺点的人，但在这样的回忆的胁迫之下还是会羞耻得无地自容。

我的心情变得沉重了起来，望着对面的窗户，却注意到那群小孩子中间，有一张小脸正看着我。

那是张明显的方形脸，颚骨凸出，双颊红彤彤胖乎乎的。肥大的鼻子给人一种很无辜的感觉，绷紧的眼睑上睫毛稀疏，眼睛被肿胀的眼皮和隆起的脸颊上下夹击，皱皱巴巴地挤成一团。

我远远地盯着这张有点过于戆直的脸庞,越发觉得他长得非常像当初那位迁就了我的任性的老师。

于是我立即站了起来,浅浅微笑着向他鞠了一躬。

我满足了。不过,这个小孩的表情却十分茫然,着急忙慌地离开了窗户旁,眨眼间就消失不见了。

他可能以为我在开玩笑吧。

然而,我却觉得,自己好像终于像此时此刻也许正在某个地方与我同享这一片日光的那位年轻老师,完成了一件必须做的事。

我又心安了几分,然后沿着原路返回,来到了一条小溪边,今天有几个精力旺盛的孩子正在那里捞鱼。

虽然孩子们都兴致勃勃,但情况似乎不太好,网上挂着的尽是些垃圾。

我静静地在那儿站了会儿,突然说道:

"完全捞不到呢。"

那个时候,好像是才注意到我的孩子们都笑了起来,互相看了看,其中有一个孩子带着稍有点奇怪的口音模仿我:

"完全捞不到呢。"

这一句一下子给我逗乐了。

我开心地以为他们是愿意把我当作熟识的人一样相处，不住地夸赞着他们。

孩子们好笑地看着满脸开心的我，突然举起带来的锅和网，像事先约定过一样同时喊了起来：

"哦喂！哦喂！哦一哦喂！[1]"

然后，他们放声大笑了起来，踩着岸上湿滑处被马踩出来的深深的蹄印，飞快地跑开了。

我完全没搞懂这是在干什么，只出神地望着水面，心里不断回响着他们活泼快乐的喊声。

"哦喂！哦喂！哦一哦喂！"

我一路小声哼着，自顾自地回到了家。

然后坐在无人的书房里，像那些孩子一样大声地喊了出来。

"哦喂！哦喂！哦一哦喂！"

这时，我的祖母少见地带着一脸奇怪的表情进来跟我说："你在说什么呢？这么大的年纪了怎么净说些不着调的东西。"

---

1 原文作"ほいと！ほいと！ほいとおーっ！"。

我完全不知道,这个"哦喂"竟然是"乞丐婆"的方言。

八

这个村子里的农民,根本不会去考虑子女的教育问题,孩子生下来之后完全就是放养状态。

不可否认他们的孩子也是可爱的,但当他们内心只存在这种最原始的感情时,在抚养孩子上,就会出现父母觉得孩子可爱时就溺爱,不可爱时就惩罚得相当厉害的情况。

一旦孩子表现不好或犯错的时候,爱之深责之切就会被展现得淋漓尽致。踢一踢骂一骂都不算什么,严重的时候把孩子打伤也满不在乎。

到那个时候,这些父母根本不记得对方还只是个孩子,只觉得可恨可气。

因此,如果孩子从出生时就没有那么健康的话,大抵是活不过十岁的。

这些孩子吃着野果野草长大,天热的时候就赤身裸体,寒冬腊月依旧跑到河里游泳,体质无形之中也多少得到了磨炼。

万一生病了，比起去看医生，他们更愿意相信巫术。喝一些腐烂的汁水，吃一些不知名的药丸，用生命为父母的迷信买单的孩子绝不在少数。

即使幸运地把孩子健康养大了，迫于生活的压力，这些父母也不会把孩子送到学校去"浪费时间"。

女孩子早早地便要代替母亲承担家务，男孩子则需要照看弟弟和做一些农活儿。

身为农民，这些父母根本没有能力去帮助自己的孩子走出农民的世界，所以农民的孩子还是农民，一切似乎早已注定。

这些野蛮生长的孩子，似乎就是为了接替日渐衰老的父母继续为地主家工作而培育的机器。

在此现状下，有一些不服从管教的孩子，即使走向堕落也没人关心，稍微长大一些之后，他们就会去到自己想去的地方。

至于低能儿和弱者这类小孩就更不用在意了，他们除了成为村里恶霸消遣的玩具之外别无他法。

因此善痴和其他的一些孩子，只会被村子里的人当作笑柄，永远不要期望得到他们的一丝关心。

更何况像善痴儿子这样连名字都不曾拥有的孩子，只知道吃豆腐，被其他孩子扔马粪到身上，脏污的头发上缠着稻草的可怜人。

随着时间流逝，我逐渐预感到自己的愿望有实现的可能，益发控制不住地去想善痴儿子的事。于是我想方设法地去接近他，但这并不是一件简单的事情，碍于自己懦弱的性格，我一直无法真正走近他。经过四五次的尝试，在一个平常的黄昏，我终于站定在他的身边。

仿佛在做一件极其重要的事情，我的心扑通扑通地跳。面对这个即使有人走到身边也毫不关心的孩子，我突然陷入了失语的状态中。

此时我并不知道，其实无论我说什么，都不能吸引这个孩子的注意力。万分苦恼中，我问了一句：

"你怎么了？"

这句话一出口，我就知道自己又失败了。脑海中正一片混沌时，突然被人问一句"你怎么了"，无论是谁都会吓一大跳，不知该如何回答吧。

我一边懊悔一边观察，发现他继续站了一会儿后，慢慢地把脸转到了我的方向，然后他那严重凸出的、几乎不会眨动的瞳孔定在了望着我的方向。

我看着他，聚精会神地观察着他。

渐渐地，他的表情变得骇人了起来。最后，我感觉他的心境似乎转移到了我自己的脸上。

我再也坚持不住了，匆忙回到家中用力洗了把脸，凝视着镜中的自己，才缓缓回过神来。

第一次的尝试在如梦似幻中彻底失败了，但是由于我的坚持不懈，最终我还是和他渐渐熟悉了起来。

无论是静默地与他站在一起，还是说些什么短暂地吸引他的注意力，除此之外也无法再取得什么进展了。

我站在他的身边，似乎成了一个理所当然的存在。

对善痴的儿子而言，也许什么都没有变。然而，其他的一些事情还是在慢慢地朝着好的方向发展。

比如因为脚部肿块而烦恼的农民，去城里看了医生之后终于痊愈了。

比如桶匠家的女儿经常收到一些鱼和牛奶。

当我看到被治好的农民们下地干活，看到甚助的孩子也穿起了衣服，尽管只是一些稀松平常的事，但还是令我喜不自禁。走出家门的孩子们，玩耍到夜晚都舍不得回家。看到越来越多的人在做着自己想做的事情，整个世界仿佛都变得生机勃勃。

但是现状依然是物资不足，我们甚至无法预测究竟要做到什么地步。

我只能尽我所能。

然而，我本身并不真正拥有一粒米一分钱。每当我想要为谁做些什么的时候，都不得不去央求祖母。

当想做的事情越来越多，拜托别人也逐渐成为一件令人痛苦的事情。

对此我无计可施。我多想拥有无穷无尽的财产，把那些生活富裕、对贫困山村一无所知的人们召集起来，将我看到的摆在这些不把穷人当人对待的人们面前，看他们是否还会继续那些荒谬的想法。

九

每一天的新发现都让我欣喜，让我惊异，不知不觉间在那些快速飞逝的披荆斩棘的时光里，盛夏的果实也在生长成熟。

日光渐烈，灰色的尘埃在空中飞舞，慢慢聚集。

每一阵风吹过,都扬起一阵旋涡似的灰尘。

烧麦子的浓烟,升上湛蓝色的天空,麦屑飞扬在熊熊燃烧的火焰上方。赤红火光映照下的几张脸庞的主人,正眺望着广阔的田野。

村子前面的池塘里,玩水的孩子络绎不绝。强烈的阳光照射在水面上,手脚被晒得黝黑的孩子们在水中欢快地玩耍,欢笑声混杂着哗哗的水花声回荡在远方。

山林翠绿,群山逶迤。一阵闪电劈下,农民们喜出望外,据说闪电多发是一年丰收的标志。诡谲多变的云雾缭绕在巍峨山峦间,宛如仙境。房子周围的田野,此时也美不胜收。

所有的农作物都已经进入了成熟期。

从我的书房放眼望去,豆子、玉米、芝麻以及一些瓜类作物都已成熟,荞麦花银光闪闪,在天边游走的云雾也时亮时阴。

果实业已成熟的杏树和无花果树旁边,是一块缓坡上的南瓜田。硕大的红色果实被掩在大片绿叶之下,显得格外美丽。地里的土豆,也已然到了收获的时节。

两个农民一大早就扛着三把锄头，拿着草袋和簸箕来到地里。拔掉已经枯死的秧苗，再用锄头翻翻土。

独眼的矮个子男人高高举起锄头，深深地凿进地里再轻轻一拉，被湿漉漉的新土包裹着的果实就一个个翻滚着出现在眼前。

与果实一起被翻出来的还有蝼蛄，这些惊慌失措的小虫子吓得爬上男人的裤腿，又摔落在松软的泥土里。

我也光着脚，系起下摆，开始努力地挖起土豆来。

凉风习习，原来工作也如此有趣。

把马铃薯扔到簸箕里之前，要先用手扒拉掉粘在上面的泥土。突然，我感觉手里握着的东西有些奇怪。

我不禁尖叫一声，又没忍住大力揉捏着这个软绵绵的物体，于是这黏糊糊滑溜溜的腐烂马铃薯就糊了我一手。

蓝黄色的黏液散发出难闻的气味，我连忙把双手插进松软的泥土里试图擦掉。

但是，这些泥土反而被黏液固定在我手上，擦都擦不掉。我郁闷极了，气得快要哭出来的时候，一个男人笑着走了过来。拿着一小根劈开的木头，像去除碗里的本葛汤[1]一样帮我把手上的黏土刮掉了。

"没事了，大小姐，这没有生命危险的。"在我的周围，家里跟过来的随从和在田里劳作的人们都纷纷笑了起来。

收获的季节正式来临，我们每天都过着农民式的生活。

我们把摘下来的东西分给佃农，让他们腌制、晒干后储存起来。

正当大家忙得不亦乐乎之时，却发生了一件令人不快的事情——田地里来了小偷。

虽然这是每年必有之事，大家都已习以为常，但心情还是变得糟糕起来。

被偷走的东西并不多，但那也是大家付出了辛苦劳动才得到的，这样白白给了别人，难免感到生气。

于是，我们又花了一天的时间，在最容易丢失的南瓜上面，全都标上了大大的编号。

---

1 原文作"葛湯"，是用葛根粉加水和糖煮成的黏稠的汤。

红彤彤的表皮上被浓墨重彩地画上了"八""十一"之类的数字，配上南瓜那笨重的身体，可谓壮观。然而，依然是白忙活一场，第二天一大早，我们就发现其中最大的那一个不见了。

女仆们比我们还惋惜，甚至对着在田里徘徊的那些人怒骂、扔石子。

为人正直的她们，坐下时总是对着田地张望。

因此我晚上偶尔出门散心，站在田地里发呆的时候，甚至会被大声叱责：

"干什么呢！快离开这儿！"

然而，在一个烟霭弥漫的早晨，大约凌晨四点钟的时候，沉沉入睡的我突然被一阵低沉且不寻常的声音唤醒。

"起来！快起来！"原来是祖母。我吓了一大跳，踉踉跄跄地爬起来，眼睛都没完全睁开，"什么？这是怎么了？"正说着，祖母就把我拉到卷起了雨帘的玻璃窗前。一开始我什么都没看见，随着视线逐渐清晰，通过还凝着露珠的玻璃窗，居然看到南瓜地里有一个人影在移动。

"天哪！"我把额头紧紧地贴在玻璃上，看到那个人似乎在挑选要偷的东西,一会儿伸长了身子,一会儿又弯下腰。"这都早上了,还这么大胆!"我惊叹道。

过了一会儿,就看见那个人站直了身子,从小路走了出来,手上还提着一个大大的球状物体。

眼看着偷南瓜的贼就要离开,突然田边又出现了一个匆匆赶来的人影,我定睛一看,竟然是我的祖母。

我震惊了,她到底要干什么啊?我连忙脱下睡衣,走出去一看,这算怎么回事?我的心情简直难以言喻,只能呆呆地站在那里。

把红底白纹的西洋南瓜放在身前、低头站着的,不正是甚助吗?

我不敢相信自己的眼睛,然而悲伤的是,我不得不相信,站在我面前的这个小偷就是甚助。

我怯生生地盯着他的脸,竟吃惊地发现他本人此刻异常平静。他竟然若无其事地站在那儿,只是微微地低下了头。

缄默中,他突然抬眼看了一下正在发怒的祖母,似乎很不以为然。

我感到恐惧。他就站在那里,但现在我们又能做什么呢?

祖母和我都清楚此时应该对他说点什么,但我们只是仿佛要行使什么权力似的站在那儿。

一定要说点什么的。明明发现了有人正在做坏事,我们就应该像正常人一样,去训斥、恐吓那个做坏事的人。

但是,他想要隐藏的事情被我们发现了,这还不够吗?还要说些什么呢?把人人都知道的那些冗长的大道理再讲一遍,让双方的心情都变得沉重,这些行为又能在彼此的心中留下些什么呢?我感觉这么做已经没有必要了。

我只做了一件事——

把不知道说些什么好的祖母拉到一边,拼命地拜托她。

"请让他回去吧,这次就算了。"

"但是……"

"没事的,这次就先让他回去,祖母,快点让他回去吧!"

祖母虽然依旧愤愤不平,但还是答应了我的

请求。

"你拿着它回去吧。可是这样的事,再也不要有第二次了。"祖母对他说。

甚助似乎早就料到事情会变成这样,依然是一副油盐不进的冷酷模样。他低着头抱着南瓜,像是抱着自己买来的东西一样,不慌不忙地又走到了那条人烟稀少的小路上。

我不知是该悲伤还是愤怒,却又有几分自我安慰,一直在心里告诉自己:"只是一个南瓜而已,不能说他是小偷。"

十

迄今为止,我为甚助家做的,也只不过是送过一些旧衣服,给一些粮食和钱,实在是一些微不足道的小事。

即使从第三者的视角来看,这一切也没有什么稀奇的。大家都是普通人,谁会去在意别人想了什么做了什么呢?

我也从来没有想过,通过一点小的施舍,要得到多大的回报或是感谢。

但是，对于甚助的所作所为，我不得不承认自己还是会感到失望，或者说，有一点遗憾。

好在有一件事还是给了我一点安慰，那便是我终于可以控制自己的情绪去处理事情了。

我是一个易怒的人，经常一点就炸。所以那个时候我也不知道自己是如何压下怒气，以一颗宽容的心去对待眼前的事的。在家的时候，弟弟们只要一招惹我，我就会不管不顾地朝他们发火。然而如今，我却几乎完全没有生气的感觉，这多么令人欣喜。

同时，对于这件事情，我也保持了一个很乐观的态度。我认为田里的小偷应该不会再出现了，这绝不仅仅是空想。

然而，过了一两天，老天就告诉我，我的想法只不过是"空中楼阁的幻想"，是"大小姐式的天马行空"。田地里，盗窃之事越发猖獗了。长势喜人的玉米被踩断了，一直安然无恙的毛豆被连根拔起了，离家很远的池塘里的慈姑全被挖走了。

我被这一切弄糊涂了。我不愿再看到任何一个人厌恶的眼神，只想赶紧结束这一切。

但是，我并不知道该如何去处理眼前这个窘境。

就像在黑暗中找寻踪迹成谜的火柴和灯台，我那颗不谙世事的心，也逐渐染上世俗之气，变得怯懦起来。

而且，每逢又有物品丢失的时候，祖母总会讽刺地跟我说："不会再发生了呢，确实没有发生呢。"

我可以断言自己绝对没有做错，并且，我认为他们之所以做出这样的事情也并非没有缘由。

那么，究竟是哪里出了问题？我也只是选择了听从自己的内心啊。也许，他们是因为陷入了绝境而不得不做出这样的事。面临两难境地时，再怎么样也是要做出选择的。我们都在被生活推着行走。也许，是我不该给他们那样的机会，但谁又能断言是我错了，抑或是他们做错了呢？谁又能给出肯定回答？总而言之，我真的很迷茫。

这件事，让我思考了许多。我突然意识到，对于这世间各类事情都能条理清晰地作出判断，轻而易举地就能把问题解决，那该是多么厉害的人才能做到啊！不过，我也逐渐感到，面对生活的不堪不得不去思考也是件好事。对于已经发生的种种，应该坦然地接受，并认真地去思考。

那天晚上我独自一人坐在书房里，思绪万千。窗外月色如水，我如往常一般熄了灯独坐在黑暗中，眺望着远方的耕地和山丘，竟发现这世界异常美丽。

过了一会儿，草坪处突然传出一阵轻微的声音，感觉是什么的脚步声。草丛沙沙作响，像是有人刻意压轻了步子走了过来。

随着其靠近之后，我发现这人果然是准备偷偷潜进来。

但很快，我紧张的心情就一下子放松了。因为我看到光亮里走过的，是一个抱着长竿的蹑手蹑脚的小孩子。

他要去的方向，正是家里那棵结满了杏子的果树。

一切都豁然开朗。我悄悄往暗处移动了一些，饶有兴趣地看他要做什么。小孩子偷偷走到树下，谨慎地观望了一下四周，甚至特别注意了篱笆另一侧的主屋。

但是，这个跟猫儿一般灵活的小孩子，绝对想不到自己的一举一动被藏在暗处的我尽收眼里。

终于，他开始伸长了手臂高高举起了竿子。仰头望着上方熟透了的果实，随着他轻轻地摇动竿尖，两三个杏儿就掉了下来。

他又重复了几次这样的动作。每次都收获不少的果实，他渐渐也兴奋了起来，露出了狂热的孩子气的表情，在第四次时更加用力地拍打着树枝。

果树剧烈地晃动着，伴随着很大的声响，许许多多的果实掉落下来，甚至砸在他的脸和肩膀上。

他喜出望外，竟没忍住发出了一声惊叹："呀——"

但是他立刻就意识到了，并后怕了起来。他预感马上就要有人出来了，慌张地望着四周，突然转过身子，不管不顾地拔脚就往田野里跑。

我忍俊不禁。看到这个被自己的声音吓到，留了一地自己辛辛苦苦打下来的果子就跑了的小孩子，是生气不起来的。虽然我并不知道这是谁家的孩子，但我想，当他气喘吁吁地回到家时，依然会记得沐浴在果实雨中的喜悦吧。

可爱的冒险者，晚安！明天又是美好的一天！

直到我终于又意识到，他也是那令我烦恼和讨厌的田地盗贼中的一员啊！

十一

突然有一天,桶匠向我要了一笔钱。他总是生活得很拮据,尽管祖母已经给了他诸多照顾,但因为生病的女儿,他一直不敢离家太远。

他就像酒精中毒了一样,双手不停颤抖,面颊的肌肉下垂得厉害。

喝醉的时候耀武扬威,像大老爷一样大声说着话。一旦酒醒了,就立刻变成个尿包,一副没出息的样子,被比自己小将近二十岁的后妻指挥来指挥去,一度成为大家的笑柄。

祖母外出扫墓的那天,他来到了我家。

一个大男人,竟为了仅仅五块钱,一再向我鞠躬、乞求。

他念叨着肉麻的奉承话,什么誓死恳求、一辈子都忘不了恩情之类的。

他反复地说着:"为了大小姐,赴汤蹈火也在所不辞!"

有生以来第一次看到有人为了借钱如此地贬低自己,我不由得产生了一种莫名的厌恶,并被这种滑稽和荒诞感反复折磨。

对于这些可笑的赞词、吹捧，我无所适从，也无能为力，只好站在那儿听着他说完。如果他知道我也只是一个身无分文的小角色，那场面一定会很傻很难堪吧。我之前听女仆说过，我们剩下的食物，大多被他们夫妇吃掉了，并不会送到那个得了肝病的女儿那里。所以不管为他们做什么，我都觉得是一种浪费。

而且，因为他一再地强调说自己需要五块钱，却不讲清楚理由，我心里的疑问也越来越大。于是，我告诉他，我自己一分钱都没有，只是个靠家里的米虫，现在帮不了他。

然而，他却以为是自己恭维得不到位，依然卑微地、夸张地说些让人忍俊不禁的、不知所谓的话。我实在无法再听下去了。

我笑得停不下来，他似乎也终于意识到了自己都说了什么，局促地笑了笑，然后稀里糊涂地回去了。

这件事自始至终就是个笑话。但一想到他是抱着"有机会的话就去要要钱吧"的心思，我就瞬间觉得不好笑了。

如果我真的给他钱了，可能所有人都会觉得我是一个好骗的人吧。

我所做的事情,并不能给所有人一个开心的结果,我自己也感到越来越辛苦。

总之,发生了这类事情之后,我身边出现了越来越多目的性明确的人。

那些人找着各种各样的借口,自私地将一个小姑娘从她童话般的小世界中扯了出来。

心理上早已沦为男性附庸的女仆们,也凑热闹一般地哄笑着、恭维着。

赤脚在外面奔跑的孩子们,带着一身泥巴回来,又乱滚乱跳将家中弄得一团糟。

这些毫无秩序可言的事情,不仅使我的生活变得杂乱无章,也使得我的家里变得跟乡下的公共场所一样。

祖母和其他家人的抱怨全都由我一人接收,就连小孩子把水倒到火炉里,都仿佛成了我的错。

但即使这样,我还是尽量对他们保持着善意。

在工作繁忙的时候,我还要听他们说着那些腻味的、无谓的抱怨和唠叨,我实在是忍受不了。

无论如何,事已至此,看着他们喝茶吃点心,肚子鼓鼓囊囊的样子，我感觉自己真的已经无计可施了。

我内心几乎就要放弃，却还是残留着几分希望。秋风一起，看着祖母已经开始着手准备制作和服的面料，我却完全不知道自己究竟在做些什么。

十二

就在我处于这样一种微妙的状态时，镇上的妇女会悄悄萌生了一个计划。

小镇的东北角有一个基督教会。该教会虽然创立不过几年，但已成功地吸引了不少信徒。

第一次来这里的外国人中，也逐渐聚集起一些低调而真诚的信徒，之后到来的牧师也是一位非常随和的人，他说："没什么，我们都是普通的人类。"

于是他得到了镇上所谓妇女会的喜欢，大家纷纷夸赞他说"这真是一位风趣的牧师啊"，教会一下子热闹起来了。

如今，教会的第三代也是位善良、耿直的牧师，管理着这座几乎全靠妇女维持的教会。

上一位德高望重的牧师，在去年夏天因为突发脑溢血而去了天国。

对这些年纪尚轻、热衷于东京风格服装的妇女会成员们来说，教会就是一个再适合不过的交际场所。比起听从上帝的训诫，更重要的是互相观察对方的穿着打扮，一边接受神的祝福，一边较量着和服上的花纹图案，甚至还专门举办了具备所有"女性要素"的聚会。

很快，八月二十四日，也就是上一代牧师的忌日就要到了。对正在思求变化的妇女会来说，这是一个绝佳的机会。一听说即将举办赏花会这样摩登的活动，忍耐已久的人们瞬间兴奋起来，根本不管是为了纪念什么，二话不说就同意了。

经过多方评议，妇女会最终决定对埋葬着已故牧师的K村里的贫民们，进行一些施舍和捐赠。

这位已逝之人，曾在贫民救济事业上奉献诸多，却囿于工作繁忙和资金不足，到最后也没能完成心愿。所以，镇上的人们都觉得继承牧师的遗志是理所当然的事情。

妇女们都振奋起来了，迅速印刷了许多传单，分发到镇上的每一个人手中，鼓励大家遵循上任牧师的遗志参加捐赠。

接到这些传单的人们，心情也各不相同。有的人为能帮助别人而开心，有的人却认为这与自己毫不相关，但又不想和大家不一样，因此饱受折磨。

消息在镇上不胫而走。据说这是小镇建成以来首次出现的活动，在这片女人很少工作的土地上，可谓是老天开眼。

不久，各种各样的矛盾也相继出现，给相关人员带来不少的麻烦。

有人看到别人突然成了委员，就来愤愤不平地质问自己为什么不可以。大家吵到最后，决定不分先后地排名，从会长、副会长开始，一直到做跑腿活的人，都要一一明确。特别是那些自己也参与了候选的夫人们，一个比一个热情地要推动这项工作。

女人的工作岗位总被认为是不具事务性和责任感的，鉴于时局我们也想尽量把工作完成好，但由于呼声越来越大，最后选举会长的事情还是尘埃落定了。这使得小镇上的每一件小事都变得不简单了起来。意图竞争会长和副会长的人们，谁也不肯让谁一步。甲和乙同时想要一个岗位,势必会产生冲突。表面上风平浪静,彼此都彬彬有礼,实际上却暗潮涌动,互相攀比谁的丈夫职位更高之类的,总之耍尽了各种手段去竞争。经过一番磨磨蹭蹭的挣扎,终于决定了职务的分配,事情总算解决了。当然,还有一些小矛盾绝不是短时间内就能平息的。被选为会长的妇女是镇上最大的医院的院长夫人,大家都喊她山田院长夫人。不是因为这个人有多厉害,而是因为如果不满足她的野心的话,随之而来的报复会很可怕。

她是一位四十多岁的矮胖女人。因为化妆镜高度不够,只照到她的胸部,所以她上下身的风格总是截然不同。她的头发即使束起来依旧多得夸张,耳朵和脖子上长了一些斑点,但她妆容精致,当身着大腰带坐下时,俨然是一位端庄美丽的夫人。而一旦她站起身时,那迈着小步的双腿仿佛根本支撑不住肥胖的上半身,整个人像要失去重心一般。她的肩膀总是前后摆动着,在公共场合尤其让人感到不舒服,特别是在她得意的时候,动作更加明显。看到她那晃着身子走路的姿态,不管是怀有多大敌意的人,都会忍不住笑出声来吧。自从她碾压性地成功当上会长后,反倒不再那么张扬了。只要听到别人夸赞她，就满足地点头。

她非常庆幸镇长夫人于两年前去世了，甚至私底下跑到夫人墓前祭拜。如果镇长夫人当年没出意外的话，或许今天就轮不到她来坐这个位置了。她感到自己确实是一个幸运的人。

就这样，当初并不打算张扬的事情，逐渐被众人知晓，甚至到了夫人们无法控制的程度。

牧师从早忙到晚连做祷告的时间都没有，只顾着做财产保管和整理事务。

每次一有麻烦的事，她们就说着："这都是为了大家好啊，先生。"然后把事情全推给牧师，就像是往河里扔垃圾一样。

牧师下巴处留了三根白胡须，左手手背上长了一颗豆子大的疣子，每次说话的时候都忍不住去抠，于是疣子渐渐地越来越大了。他在皱皱巴巴的棉质和服上系上带子，整日哀叹着时间过得可真快啊！

妇女会的成员们每次一碰面，就互通着"在那件事情完结之前，大家都忙着呢"这类只有彼此才能听懂的暗号。

然而,当她们在出游前开心又紧张地筹划时,忽然发生了一件麻烦事儿。

这是一项无论如何都不能在二十四日之前完成的工作。

对此大家都感到很为难。哭也好笑也好,反正是赶不上了。现在能得到的最好的结果,就是再去争取三到四天的时间,结果那位善良的人看在已故的老牧师的面子上,竟然给了一周的宽限时间。

妇女会的大家纷纷歌颂着老牧师功德无量,定能在天国安歇。

渐渐地,约定期限又快到了,在捐赠活动截止的那天,大家将贴在教堂墙壁上的纸撕了下来,并写下了合计金额。然而台上却依旧喧哗。

"哎呀!让我看看,她捐了多少啊?到底是有钱人啊!"妇女会的大家都感叹着。

山田夫人在纸上写下:"会长,一百块金币。"

然后夸张地晃着身子走动着,一听到有人称赞她,就说着:"哦!没什么,惭愧惭愧!"完全是贵妇人的做派。

十三

镇上的妇女会要搞活动的消息,很快传到我们这儿,并在村子里也传开了。

渐渐地,这件事越传越真,村子里的气氛也变得热闹起来了,几乎所有人都在讨论这件事。

村子里的穷人们,已经不在乎什么盂兰盆节,都在盘算镇上的那笔钱到了之后自己家要添置些什么。一会儿羡慕他家的人多分到的钱也多;一会儿看着自己家这些平日里惹人讨厌的孩子,现在却恨不得再生五个十个的。还有那些平日里根本不工作的人,欣然得知自己很快就能拿到比那些人辛苦工作一天得到的更多的钱……整个村子都陷入了一种飘飘然的状态中。

不过,从早到晚,抱着"去了就能拿到东西"的想法来我家的人依然络绎不绝。

他们似乎把这当成了一种副业,不断发着牢骚,宣泄自己的哀伤,乞求别人的施舍。他们根本不曾考虑自己的未来,就算考虑了也没有结果。看到这样的他们,我不禁思考:"这次的事情真的能带来一个好结果吗?"

这不仅是我的疑惑,也是长期折磨着自己的一种自我怀疑。

他们这些人,无论别人给什么都会张开双手,对于得到的东西也从来不说一句抱怨。

但是,一旦得到了新的衣服,他们就很快弄坏之前的衣服然后扔掉。一旦得到了更多的钱,就买一些自己根本用不到的东西,比如丝绸衣服、靴子、帽子等这类奢侈品,只是为了满足自己,享受那种平时享受不到的购物的快乐。

因此,不管是五块钱还是十块钱,就跟从来没存在过一样。因为用那些钱买的东西,很快就会被卖到镇上的市场里去。

金钱也好,物品也好,只不过是在他们手中短暂停留过。

一贫如洗的他们,终年浑浑噩噩,到最后只剩下自己也曾买过那样的衣服、自己手中也曾有过那么多钱的回忆了。

直到现在我才深切地感受到,这是一项多么艰难的事业啊!别人一宽容他们就得寸进尺,一严厉就畏畏缩缩，一质问就缄默不语，这几乎成了他们的通病。

如果妇女会真的成功地救济了他们，真的改善了他们的生活，那实在是一件大好事。

但对我来说，只做到"还行"是远远不够的。

毕竟，我自认为是一个与这个村子关系密切，必须为村里鞠躬尽瘁的人。然而，我却眼看着自己一点一点做出的成绩，就要付诸东流了。

尽管那些人对我没有什么感激之情，但我所做的事，确实对他们产生过一些积极影响，那么我自己也不算是个渺小的毫无意义的存在吧。

于是，我以完全不同的心情和他们一起等待着"福神降临"。

然而此时却突然发生了一件令人意想不到的事，打破了村子的平静。

那就是水车坊的阿新居然卖掉了几袋大豆，而那两袋豆子，分明是客人拿来磨粉的。

在这个花家人的钱、偷家里的东西蔚然成风的村子里，这种事情甚至不足以成为人们茶余饭后的八卦。但如果对象是阿新呢？阿新可是出了名的老实人，而他的母亲则是出了名的贪婪鬼。于是大家的好奇心一下子被煽动起来了，都说这其中肯定有什么阴谋，连每天来我家的那些人都无一不在关注这件事。

我与这位阿新只说过两次话，并不太清楚他是一个什么样的人，只觉得他很有礼貌，说话的声音小而且有些害羞。我不相信这样的人会做出那种事情，然而他的母亲却激动不已地出现并大声骂道："我家那个该死的浑蛋，真的惹出大麻烦了！他干的坏事比你们说的还要过分啊！"据她所说，阿新拿着卖大豆的钱去镇上的妓院待了五六天。我既不相信亲生父母会编织这样的谎言，也不相信阿新真的会做出这样的事情，只好半信半疑地关注整个事情的发展。

说起来，自从两年前水车坊的老板去世之后，谣言就一直不断。

那时候有人甚至没有跟在北海道工作过的阿新打招呼，就在背后偷偷操纵了器具，邻村一个叫传吉的水车坊师傅，也将那片小桃林据为己有，甚至把阿新赶了出去。这些事几乎已经尽人皆知了。

阿新从十六岁开始去往北海道打工，勤勤恳恳工作七年，直至今年五月份才回到家乡。为了娶妻成家，也为了让母亲安度晚年，他一直专注于家庭事业，从未有过那些恶俗的嫖宿之事。

但是阿新运气实在不好，又得了肾病，听从医生的建议后，他在外面治疗了很长时间，回来时手里只剩下八十块钱。

这么年轻的人却经历了如此多的磨难，村里人包括我的祖母都对他心存一种敬意。

然而他那位在金钱上锱铢必较的母亲，一听说他生病了，就完全把他当成了一个累赘。

如此艰辛的情况下，阿新去看医生的钱和自己的生活所需，都是使用自己的积蓄。除此他还要给母亲四十块钱的零花钱。

村民都很同情阿新，同时对于他的母亲也颇有微词，导致夹在村民和母亲之间的阿新一度非常辛苦。

然而这一天，他却突然被冠以莫须有的罪名，自己的母亲亲自造谣他偷卖别人家的豆子后逃跑。

老实过头的他困惑极了，还没搞清楚这到底是怎么一回事的时候，他的母亲就已经在村子里各个角落都散播了这个谣言。

阿新无论如何也想不明白。他试着回忆自己是否真的做过这样的事情，却完全没有头绪。那种感觉就像是在烟雾弥漫的地方行走，无时无刻不在担心会出现危险。

与此同时，村民们也对这件事产生了浓厚的兴趣，总想着一探究竟。

我确实对村里的人知之甚少，所以根本没有想到，竟会有好事的人把这个当成了本职工作一般，四处打听探究了起来。

渐渐地，从那个莫名其妙的大豆袋子的传闻到阿新手里的钱都成了所谓的"谢罪金"，这种只是为了使大家信服而捏造的谣言，竟然还甚嚣尘上，传得越来越真。

阿新只当这是无稽之谈，还在为自己的母亲辩护，试着压制这些谣言。

不过，阿新也确实一天比一天低落了起来，他为自己感到悲哀，甚至怀疑起自己是不是母亲的亲生儿子。

看到脸色苍白、阴郁憔悴的阿新在烈日下什么防护都没做，跌跌撞撞地走在乡间小路上时，我真心地为他难过了起来。

一个二十三岁的男人，即使被自己蒙昧无知的母亲任意苛责、羞辱,也从不曾为自己争辩,而只是依然维护着母亲,这很难不让人为之动容。

我想,这也不失为一种伟大。无论我如何可怜他,我也不会像施舍别人那样地对待他。

在路上或者哪里偶然遇见的时候,我会真诚地问好,礼貌地询问他的病情。

有时他的脸色苍白,看起来病得很重,但他也只会跟我说:"托您的福,已经在慢慢好转了。"

十四

因为阿新的事情,三十一日那天到来得格外快。我清楚地记得,那是二百一十天之前。那一天从清早就十分闷热,徐缓的南风时不时地拂过,树叶飒飒作响,人也昏昏欲睡。

这日我比平时醒得都要早,如往常一般在村子里散步。

各家各户基本上已经吃完了早饭,而此时村前的广场和十字路口却聚集了很多大人和小孩,喧闹异常。

令我大吃一惊的是,他们的衣着竟然异常褴褛,大不同于昨日的光鲜。女人们大多头发蓬乱,不约而同地穿着脏旧的棉衣。孩子们光着身子赤着脚,就像刚从祭典上回来一样欢闹着。就连平日里根本见不着面的那些常年居家的、步履蹒跚的老人和病患们,都蜂拥到大街上来了。

桶匠也把自家那病恹恹的女儿抬了出来,毫不为那破旧的被褥而感到不好意思。那种坦然不惧的态度,反倒令人惑然。

全村的人似乎都在尽可能地让自己显得悲惨,但每个人的状态却是我从未见过的亢奋。

走着走着,我也逐渐读懂了他们的心理。人类究竟是有多可悲啊,我在心里感叹着,感到自己正被一种可怕的冷漠感笼罩。

对于这种自己力不能及的事情,我管不了太多,于是回到了家中。

家里依旧是平静的、整洁的,小巧而古老的家具摆放得端端正正。

我时不时地站在廊檐下,看对面的街道上尘土飞扬。从这里,也可以看到镇上来的人。

然而，一上午过去，一个像镇里居民的人影儿都没见到。

到了十一点钟的时候，数不清的人力车在街上跑得热火朝天。其间，可以看到各种颜色的和服。镇上妇女会的工作终于开始了。

太太们在村口下了车。大家都紧跟在会长夫人身旁，一路叽叽喳喳的。她们的周围突然出现了一些身上背着孩子的妇女，渐渐把她们围了起来。

这些贫困的妇女们，惊奇地看着镇上来的阔太太们。

我也远远地望着这些高贵的人，她们无一不梳着光滑的发髻，衬领上有着精致的刺绣，指间的戒指，红的蓝的白的全都闪闪发光——竟然没有一个人指间不戴着珠宝，她们手上还提着精致而美丽的小手袋，还有她们的腰带也是那么华丽！她们的粉底为什么可以那么服帖呢？那把阳伞也好漂亮啊……

村里的妇女们都羡慕极了。同为女人，为什么有的人只能在泥里打滚累死累活，而有的人却可以描着精致的妆大手大脚地花钱呢……

那些太太多么体面啊！

不过说起来……

村里的女人这么想也不奇怪,毕竟镇上的这些阔太太们光鲜亮丽,都穿着美利奴[1]的衣服。

因为有着"以朴素为宗旨,衣着不应高于美利奴"的条件在,所以贤明的阔太太们也在严格地遵循着呢。

终于太太们还是从包围圈里走出来了。

她们打着鲜艳的阳伞,浮夸地排着队走在尘埃扑面的乡间小道上。

停下的第一站是桶匠家。

跟在后面的人争先恐后地把屋子堵得水泄不通。晦暗的屋子里,桶匠只穿着细筒裤,领着身穿破烂棉衣的老婆,把幽灵般的姑娘放在中间,毕恭毕敬地鞠了一个躬。

会长夫人声音含含糊糊,夹杂着难懂的汉语,说明了自己此行的目的。

桶匠夫妇完全听不懂对方说的话,只是一个劲儿地鞠躬,会长夫人用手指示意了一下。

---

[1] 原文作"メリンス",是产于澳大利亚美利奴的一种羊毛织物。

于是,立马有个人拿出了一个朱漆大盆,上面还挂着一个礼品包,放在了桶匠家的门口。

桶匠一家开心得差点跳起来,但还是强装镇定地向人家低头致谢。

就在他们急得都要忍不住喊这些人走的时候,太太们还在左看看右看看。

终于太太们走出去了,桶匠一家也松了口气。

顾不得还有一两个村里的妇女停在自己家门口,桶匠夫妇迫不及待地打开了包裹,急切地往里一看,竟是张五百块钱的纸币。

两人看到的那瞬间,震惊地对视了一眼,然后都笑了。

"又可以轻松一阵子了。"

"是啊,我也可以去买一条那样的腰带了。"他老婆才反应过来似的看了一眼女儿,然后重重地叹了口气,又看着被揉成一团的礼品绳和写着"病人慰问金"的礼品纸。

她咂了下嘴,打了男人一耳光。男人也看了眼礼品纸,又看了眼女儿,说:"没事的,她又不懂。"

他们的女儿不一会儿就踉踉跄跄地拖着发臭的被

褥躲到阴暗潮湿的角落里去了。

妇女会的人每到一家都是同样的说辞，居高临下地同村民打着招呼，再体面地向其表示同情。

特别是会长夫人，平日里她总是欠着身子微微低着头回应别人，而今天她只是沉默着不住点头，心中大概也是一直嘟囔着"行了行了"吧。

一行人所到之处无不是一片尊敬和感谢，同时也无可避免地被震撼到。

太太们对自己的工作很满足，感叹道："施舍可真是一大乐事啊！"

不过，渐渐地，大家都累了，不管是对方千篇一律的感谢和敬意，还是自己的同情和致辞，都让人感到厌倦。到最后，会长夫人在每户止步点头示意后，就立即甩出慰问金，然后飞速离开。

跟在后面的人们也放开了，毫不顾忌地说着坏话，肆意点评，太太们也逐渐厌烦起来。

烈日下，一行人都口干舌燥，同时还在担心脱妆的问题，正要抵达一户村民家门口时，突然被一个瘫坐在滚烫地面上的人挡住了去路。

太太们被这突然的变故吓得急忙后退，其中一位被那人抓住了衣角，只听那人大声哭诉道："我没有恶意，求你们发发慈悲帮帮我吧！"原来是善痴的母亲。

她的身后，还站着一脸茫然的善痴和他呆傻的儿子。太太们一时不知所措，跟在后面的那些人却停住脚步笑了起来。

老妇人扯着嘶哑的嗓子大声喊道："仁慈的夫人们！看看我这疯了的儿子和他话都不会说的傻孩子吧！求求你们可怜可怜我们吧！哪里还有比我们更惨的人哪，帮帮我们吧！"

被抓住衣摆的那位太太几乎都要被吓哭了，"哎呀！这是怎么了？你先放开我，我们不走，快放开！"说着就使劲儿往后退。

然而老妇人却不依不饶抓得更紧了，死死地赖在地上，说："不！不要走！绝对不能走啊！您听听我说的吧，我们真的太可怜啦……"太太们纷纷过来劝诫着老人，但依旧无法劝走她。

大家只好艰难地合力拉扯着老人衣摆，场面过于滑稽，以至于周围的人都哄笑了起来。

突然人群中冲出一个孩子，手舞足蹈地大声喊着:"哦咦!太丢人啦!"是甚助的儿子。

这一声把本就跃跃欲试的坏孩子们都带起来了,他们都叫喊着:"太弱啦!连老太婆都打不过!""奶奶你放过她们吧!哈哈哈!"

黄沙飞扬中,混在呜呜喳喳的喧闹声中,老妇人哀求的声音如同一首断断续续的歌:"仁慈的夫人们,请听我说,看看我这疯了的儿子和他话都不会说的傻孩子,我们快要活不下去了……"

太太们惊慌失措,但就这样逃走的话也太不甘心了。这群野兽一般的孩子疯狂地叫喊着,对别人的劝诫不以为意。这时,甚助儿子跑到善痴那儿,在他耳边说了些什么,突然朝他用力地一撞,善痴竟然径直地倒向了太太们中间,呆傻地笑着,是我们从未见过的样子。

太太们感到极度羞耻,脸涨得通红,用衣袖挡着脸怒骂着:"太失礼了!""你们要干什么?太过分了!"并纷纷作势要离开。

就这样,贫民的兽性彻底地展现在这些太太面前,就连大人们都在开着不堪入耳的玩笑。

会长夫人几乎要发狂,她眼里含着泪从旁边的人手里夺过慰问金的袋子,抛向了老妇人,喊道:"给!快走吧!你们不要太过分了!赶紧走!"

老妇人连忙爬起来,拉过善痴,竟沉着地向会长夫人道谢:"太感谢您了!您救了我们三个人的命!我们绝不会忘记这份恩情!"然后三人互相搀扶着满足地离开了,喧闹的人群也渐渐安静了下来。

太太们茫然若失地站着,一时不知该何去何从。

不过没一会儿,会长夫人就努力恢复了威严,用她那严厉的目光扫过人群,然后默不作声地率先离开了此地。

归路是何等辛酸啊!甚助的儿子甚至还远远地朝这边扔东西,让狗凶狠地朝太太们吠叫着。

十五

镇上的太太们来到这里,撒了一些钱,而后离开了。

仅仅如此而已,却彻底扰乱了整个村庄的平静。

孩子们穿着盂兰盆节的衣服,聚在村子里唯一的一家点心店前,七嘴八舌地吵闹着。

大人们则是因为慰问金的用处而争闹不休,邻居间也因为彼此嫉妒而反目。

而另一边,我的家中依旧是一片平和兴旺。

前天刚来过的那些人,今天又来了。

不过这一次,大家大多穿得干净整洁,连木屐都没那么脏了。他们在我家绘声绘色地说着妇女会来这儿的事,嘲笑她们有多胆小、多没出息。

揪住别人衣摆不放的老妇人、怂恿善痴的甚助儿子,在他们快乐的讲述里,仿佛都变成了勇敢的、有趣的人。

"那个老太婆力气出人意料的大啊,当时看到那个场面真的太好笑了!"

然后,他们又争相给我们讲他们得到了多少钱。

"我拿到了五块钱!"

"太小气了!我就只拿到了三两哩!"

他们说妇女会的那些人来之前弄得声势浩大,来之后就给了那么点钱,根本不值得感谢,还说给每个人的钱也不一样,太不公平了之类的。比起妇女会的人来这儿之前,他们对镇上的人似乎更厌恶了。

我问了每一个人,今天要拿到多少钱才满意,没有一个人回答我。

"对于我们这样穷得望不到头的人,拿到三两五两的钱,又有什么用呢?妻子想要买这个,丈夫想要买那个,随后就是夫妻俩争吵,甚至打架。所以那些钱究竟能给穷人带来什么呢?三天过后,不还是穷人吗?"

确实如此,不到一周的时间,从镇上得到的钱就又回到镇上去了,村民们又成了穷得叮当响的人。

只要有一点闲钱,他们就一定会拿去买些什么。总之莫名其妙就把钱花掉了,仿佛买点什么的话就能从这钱上赚点利息似的。

村里的人没有存钱的习惯,是怎么样都计划不了那么多的。银行、邮局这样的地方,对他们来说就是把钱交出去而对方只会给你一张票,所以村里几乎没有人会去那里储蓄。

所以,就算我们跟他们说把钱存起来吧,也没有人会听。要到了钱之后他们就跟我们一样吃吃喝喝,满不在乎地再让我们给点这个、做点那个。

我不禁思考,自己每次只是给点小钱和旧衣服,应该还不至于给他们的生活带去很坏的影响。

相反，就算给他们每人一百块的话，他们也只会游手好闲，一直到把钱用完，生活不下去了就再来找我讨要，一定是这样的。这一切就像个无底洞，无论你填补多少都是不够的。就算我为资助他们连自己的生活都维持不下去，他们唯一会做的，还是要钱。每天每天，都只会想着哪里可以讨到便宜。

镇上妇女会的行动不出所料地失败了，我也开始反思：自己究竟要怎么做呢？这个问题无尽地折磨着我，就跟当初甚助的那件事一样。不过当时的我至少还有几分信心，还有不少劲头。如今的我都不能确定自己的所作所为是否正确了，我陷入了严重的自我怀疑当中。

人类在怜悯弱者，或是施舍恩惠的时候，多多少少都抱有一些虚荣心吧？

当然，我不了解那些所谓已经参透世界本质的人，仅仅就我们这个层次的普通人而言，真的只是在虚心坦然地为他们造福、施舍恩惠吗？

从妇女会的活动就可以看出来，慈善这种事情，有的时候仅仅是施舍者自由支配自己的金钱、宣扬自己的威望、愉悦自己的心情的工具罢了。

施舍者与被施舍者之间,存在着一道难以动摇的权力的樊篱。每个人心中所念皆是基于自己所在位置的思考。

因此,不管我对他们多么礼貌多么谦虚,我自始至终都是站在"施舍者"的立场上,而永远无法成为他们的"同伴"。

我明白,当你想要救起河里漂流着的某样东西时,只会站在岸边伸长竹竿去钩,而不会跳进河里令自己也同样身处险境。

即使表面上我与他们一起去田里干活,一起收割作物,即使我从内心深处同情他们、理解他们,我也绝对成不了他们的同类。

那么,若是我也踏进那条河流呢?当自己也面临溺亡的危险时,又该怎么去帮助别人呢?

我已经厌倦了站在岸边那高高在上的姿态,我想跳进那条混浊的河流,去感受痛苦和绝望,那是我这辈子都不曾有过的经历。

如果我只剩下礼貌和谦虚,而不再感到不平和担忧,又会怎样呢?我也许会变成一个冷酷无情的人。

带着一丝嘲笑的话语在我耳边响起:"你的花园

怎么了？现在应该是万物生长的季节呀！"

不巧的是，我是一个死脑筋的人。轻言放弃、转头就忘这样的事，绝对不会发生在我身上。

所以我并不同于那些嘴上说着世界就是如此不公平的人，也不会抱怨、悲伤、痛苦，然后从所谓贤明的人那里得到同情。

我不会放弃之后还安慰自己，说什么"这算不了什么，我们都太过于渺小了"。

尽管我也只是一个微不足道的、用很小的声音在表达着自己的人，但我却清楚地感受到，生活里总是会有一些美好，这些美好也在等着我们去发现。仅仅是为了这份感受，我愿意睁大眼睛，挥动手臂，我愿意去看，去倾听。

新的盼头还没有出现，村子里热闹异常，那仿佛是村民们恢复贫穷前最后的狂欢。

村头有家酒铺，平日里根本没什么生意，当下客人却一下子多了起来。傍晚时分，从田里干活回来的村民们聚集在这里，围着外号叫"一升"的酒铺老板和甚助父子说话。

村民们把长凳搬了出来，点上了蚊香，开心地唱着歌跳着舞。附近的女人们也在一旁一边乘凉一边看热闹。

善痴总是他们酒桌上不变的玩笑话题。

那一晚，酒铺里一直很热闹，人们躺在长凳上一边聊天，一边拿蒲扇打着被酒香吸引过来的蚊子，很少露面的阿新竟也坐在其间。

大家就着咸菜下酒，百无聊赖地说着镇上妇女会的坏话，再开一些不着边际的玩笑。一旁，阿新却只沉默地看着自己酒杯中那只溺亡的蚊子。

"哎呀，阿新也在啊，你不说话我差点忘了你！来，喝一杯，喝醉了心里就舒坦了！"

阿新却始终一口酒都没喝。

从没表达过关心的村民们，今晚却突然拉着阿新说了许多话。

"不要老是担心有的没的，让自己过得尽兴才好。"

甚助等人挥舞着拳头，喊着："不说话怎么行呢？"

一边喝着酒，一边听着大家聊天的一升，沉重地开口了：

"我说，阿新哪！你到底是上帝还是佛祖啊，为了那样的母亲伤神，值得吗？你母亲我母亲，不都是女人吗?这世上女人都一个样,男人千万不能做让她们不高兴的事,否则她们不仅嫌弃,还要把你赶出家门。"

"换句话说,你跟她有什么可吵的?你想过你死去的父亲吗?要是我就干脆不理她,她做什么我都不在意。"

"所以啊,你还是太善良了,不过这是与生俱来的,也没办法,你父亲不也是这样吗?"

"这样看来,你真是大坏蛋啊,一升!"甚助在旁边插了一句。

"是啊,我这个坏蛋的结局已经注定了,"一升顿了顿,又说,"到了这个时候你们还胡说什么呢?看看吧,我们不是已经身处地狱了吗?想去别的地方也去不了了。"

说着,一升指了指自己身边正准备吃咸菜的妻子。

"哈哈哈!"众人纷纷哄笑起来。

"这家伙一本正经地说胡话呢!"有人笑骂。

"本来就是啊,活在这世间不都一样吗?阿新,人死之后的事我都知道哩!不就是草席一卷,再找片野地挖个坑埋下去吗？大家说我讲得对不对？"

人群中爆发出喝彩声。阿新也露出了微妙的笑容，他说："有点意思，有点意思啊。"

甚助的儿子摇摇晃晃地站了起来，迎着他走来的人竟然是已经微醺的善痴。

人群恢复了热闹，大家叫住善痴，给他又灌了两三杯酒。

"我们关系多好啊，善痴，来来来，一起跳舞，好玩的！"

甚助儿子扯着善痴的耳朵，绕着长凳转起圈来。

"对对对！跳舞！跳完舞有酒喝！"

"跳啊！哈哈哈！你这搭档真行啊！"

"跳舞！跳舞！"

甚助儿子摄入了太多酒精，逐渐变得疯狂起来。

他脱了衣服，把草鞋穿在手上，不断拍打着善痴的身体，喊着一些不知所云的话。

"哎呀真好喝！"

"来来来！唱歌！我们去地里跳舞吧！"

"哈哈哈！"

"哈哈哈！真行啊你小子！"

"喂喂喂!清醒点!"

众人笑得更厉害了。

善痴一直被甚助儿子用草鞋拍打着,他只好用两只手扯住衣服下摆,僵硬地动着脚尖跳起舞来。

十六

妇女会的活动已经过了一个星期,村子也逐渐恢复了往日的阴郁与贫穷。进入农忙时期,酒铺也冷清了,村里各种各样的吵闹纠纷都变少了。

然而,仿佛是为了纪念这件事,善痴竟然变成了一个酒鬼。大概是村里人为了消遣,到处都在灌他酒吧。

从早到晚都能看到喝得烂醉的善痴拖着他那懒散的身子,一身泥一身汗地在村里各处游荡。

他不管走到谁家门口,就自顾自地进去,然后朝里面的人喊:"给我酒!"

村里的人家几乎都不会拒绝他,虽然大多是在水里加一两滴酒精,但善痴还是高兴得如痴如醉。

有天午后,我们坐在茶室外边的廊下磨核桃,忽然从耕地那边七拐八拐钻进来一个男人，我们吓了一跳，定睛一看竟然是善痴！

我感到有点害怕，往屋子里走了几步。这时，本来在屋内的祖母和其他人也出来了，半是嫌弃半是好奇地看着站在院子里的善痴，然后就清楚地听到善痴小声地说："我要酒。"

女仆连忙拿破茶碗装了一碗飘着淡淡酒香的水，远远地招手示意善痴过去，"来，到这儿来！"然后把茶碗放在了廊边。

善痴畏畏缩缩地看着女仆，突然像抢劫一样夺过了她手中的茶碗，然后大喘着咕噜咕噜地将碗中的酒喝得一滴不剩，最后又舔得干干净净。

之后他就端着破茶碗站在那儿一动不动。女仆说实在是太脏了要把他赶出去，祖母却说，千万不能激怒疯子，否则会遭到报复，所以大家只好不管他了。

我久违地凝视着善痴那张脸。今天不知怎的，他比平时整洁多了，似乎没那么脏和臭了。不过，那种精神病人特有的肢体不协调和挤眼方式也更加明显了。而且他比起前段时间瘦了，双颊凹陷，皱纹也多了起来，整个人看起来十分虚弱。果然是喝多了酒，长期保持在一个兴奋状态的话，人是支撑不住的。

多可怜啊，要是真疯起来了可如何是好？

我想起祖母提起过的那个北海道的疯子。突然，善痴傻笑着小声地嘟囔了一句："我还会吃饭哟。"

他说这话就像是个小孩子，把大家都逗笑了。我和女仆一起准备了一些米饭和中午的剩菜，盛了满满一碗，又放在了廊边。

他连忙端了起来，直接坐在地上，把碗放在腿上，哼哧哼哧地大口吃了起来。他就像只饿急了的野狗，整个人几乎都要埋进碗里。

看着他，我又开始难过了。

简直比畜生还可怜。他这样活着，还不如一只猫生活得自由自在。我真心地觉得，不管是对他自己还是对他身边的人而言，这样的生活都太辛苦了。这样想着我又难受得不行，只好转身回去继续敲核桃。噼里啪啦地把壳敲碎，拿出淡黄色的果实，再用研钵碾碎。

过了一会儿，善痴吃饱了站起身来。他摇摇晃晃地放下了手中的空碗，又回到来时的耕地那边去了。我握着研钵的把手，怀着一种微妙的心情静静地目送他离开，看到秋日的午后阳光，正温柔地落在他乱蓬蓬的脑袋上。

因为炎热和劳神，身体也一直没有得到好好保养，随着气候变化，阿新的病情急剧恶化了。

他全身都浮肿了起来，连站立都变成了一件痛苦的事情，更不必提在家时还要忍受母亲的嫌弃。一次我在林子里看到跛着脚神思不定的阿新，再度燃起了对村里人的同情，心里想着一定要为他们做些什么。然而这几天我又根本没有把这事儿放心上，反而在家里阴凉处摆了张长席呼呼大睡。

从屋子的正前方越过桑田，可以看到一片被树林包围的墓地。

阿新一边忍受着脚底如针扎一般的疼痛，一边将手枕在头下，安静地眺望着远处。炽烈阳光下枝叶的簌簌声，附近河流的流水潺潺声，一一回荡在阿新心中，他不由得产生了一种难以言喻的心情，几乎落泪。

"我的父亲就在那片林子后面。"

他想起父亲在世时的事，仿佛是一场遥远的梦。

在他还只有七八岁的时候，做梦都想不到父亲会那么早过世。父亲是一个心地善良的人,且素来身体健康。那个时候,父亲让他骑在肩上,带着他在桃林里走来走去,让他想吃多少就吃多少。现在想起来,那一切是多么幸福、多么令人怀念啊!

然而就在这同一个世界上,有一对母子,却因为各种莫名其妙的小事而误会、争吵不休。再想到自己已经无法治愈的疾病,阿新感到真的没有继续活下去的意义了。

自己的存在只会成为母亲的麻烦,想要远离的话,死亡就是最近的途径。如果,母亲能够像七年前那样亲切地喊一声"小新",哪怕一次就好,他该有多开心哪!

阿新在北海道工作时住在一名叫作"时藏"的男人家,他的一个朋友才十九岁,突然生了一场急病,没过几天就死了。当时的情景还历历在目,朋友死的那一天,一直在说着他那位从不大声说话的温柔的妈妈的事,"妈妈,妈妈,你为什么没有来,儿子在等你啊。"他说着,突然睁大了双眼,双手往前一伸,清清楚楚喊了一句:"妈妈!"随后就慢慢地咽了气,那尖锐的声音和消瘦的双手永远留在了阿新的心里。

就算是死在不知名的山里，死在荒凉的野外，临终前还能喊一声"妈妈"，不也是一种幸福吗？阿新开始认真地思考自己的死亡了。

在一个异常闷热的日子，阿新从早晨开始便虚弱得无法动弹。

扰人的蚊蝇在周围飞动，阿新目光呆滞地望着那高远广阔的天空，清晰地感知到了自己生命力的流逝。

他面带着难以形容的微笑，艰难地挪了挪自己的身子，然后抚摸着自己的脸，温柔地喊了声："妈妈！"

后门的水声停了，"什么？"他的母亲边擦着手边板着脸走了进来。

"我忙得很，就坐一会儿，说吧！你要跟我说什么？"

"干什么？要说就赶紧说！"

"啊，请您坐下来，我有很多话想跟您说……"阿新用温柔的充满爱意的目光看着自己仿佛真的生气了的母亲，静静地笑着。

"啊，妈妈！儿子有件事想和您商量一下……"

"……"他母亲默不作声。

"虽然现在说这些,妈妈可能会生气,但是我确实没有多少时间了,所以还是想把家里的生意尽快交代出去,谁都行,最好是妈妈也信得过的人……"

他母亲露出奇怪的神色,突然大吼道:"你在说什么鬼话?别多管闲事,笨蛋!你以为我不知道你心里在盘算些什么吗?"

"别生气啊,妈妈!我没有其他的意思,只是说了我想说的话。去北海道之前,我们明明都还好好的。妈妈,我什么都可以对您说,您也把您的想法告诉我吧!我已经没有多少时间了,这是我唯一的愿望。拜托您,让我们回到以前那样吧!"

"你在吓唬我什么?告诉你我可不怕!别想骗我!"

"不是的,妈妈!我这副身子已经不行了,我都快死了!我只是希望最后跟您告别的时候,您能像从前那样待我,这样都不可以吗?我想不通,为什么这么小的一件事情您都不愿意答应我呢?"

"你想不通?我还不明白呢!笨蛋!我有一个想让我当恶人的儿子,好玩不好玩?你说啊,我当了那个恶人,你是不是很开心?你一定乐死了吧?"她突然神经质地落起泪来。

阿新一脸落寞,他静静地看着自己的母亲,然后从被窝里拿出了一个钱兜子。

"妈妈,这个您拿去吧,虽然没有多少,我拿着已经没有什么用了。"说完,他把钱兜子推到了母亲身边。

他母亲眼睛亮了一下,然后尴尬地说了声:"是吗?"

阿新看着自己的母亲拿了钱兜子满足地离去了,自己也看似开心地笑着闭上了眼睛。

"妈妈!你绝不是一个恶人。但是,身为儿子的我真的很痛苦,我甚至不再敢想从前。为什么?为什么我们就不能好好地相处呢?"

阿新突然开始泪如泉涌,他竭力压下的啜泣声,绝望地回荡在安静的房间里。

十七

远离了城市的喧嚣,在一个名不见经传的小村庄里,发生了许许多多的故事。人间的秋天再次来临,一如往年,一如百年之前。

远处的群山，树木的枝叶，无一不染上了秋天的颜色。而尚存于某处的夏日残炎却不肯离去，季节的交替屡屡发生冲撞，以致近日的天气也变得无端起来。

秋日的天空广阔无边，一朵阴云飘浮其间。微暖的南风吹拂着扰人的湿气，与低垂的云层缠绕。躲起来的太阳，为墨色云块镀上金边，远处的山峦变成了暗紫色，树木和房屋的影子，残缺地印在了干燥的地面上。

山间吹来的斜风，卷起沙尘阵阵，吹得挂着沉重果实的庄稼哗哗地响，那沉郁的声音传到耳际。厚重的阴云间隐约可以窥见暗蓝色的天空，不时闪过一道细细的闪电，轰隆作响的雷声从深处传来。一切看起来是如此令人恐慌。

那日天气特别恶劣，傍晚时分竟还刮起了可怕的大风。村民们都感到十分不安，眼看着就要收获的庄稼，却将遭到这般狂风暴雨的摧残，实在令人忧心。

于是，村民们慌忙地巡视着自己地里的庄稼，我家的田里也有三个佃农拿了一些棍子为庄稼做了支撑。

家中门窗紧闭,听着外面倾盆而下的雨声,大家都感到些许害怕,躲在自己的房间里惴惴不安。最后,大家聚集在了客厅。

此刻窗户被狂风吹得咯咯作响,混杂着不知何处传来的嘎吱嘎吱的声音,听到野狗在雨中悲鸣,众人被吓得瑟瑟发抖。

风越来越大了。昏暗的天空中乌云密布,云层移动得很快。东南边狂风大作,树木东倒西歪,房屋也摇摇晃晃。

沙尘形成一个个小旋涡,在空荡荡的街道上飞窜,树冠在大风中疯狂摇动,脆弱的枝丫被直接折断,树干也颤抖着,发出痛苦而尖锐的悲鸣。狂风咆哮着吹过屋檐,树叶被翻来覆去地蹂躏着。

整个世界似乎都在被巨人任意捏扁搓圆,而在这恐怖如斯的黑夜中,一个细长的人影却悄悄出现在了街角。

人影似乎完全不理会此刻的骚乱,静静地走在黑夜中。

他抬头挺胸,步履沉着,不慌不忙地匀速行走着,仿佛马戏团车上那个会动的人偶。这副姿态与周围畏缩的万物形成鲜明对比,看起来是何等庄严!对于沉湎于折磨的快乐的暴风来说,他就是一个惊人的反叛者!

他的头发在风中凌乱,吹到脸上挡住视线。衣服也被吹得飒飒作响,下摆缠到腿上。然而这一切都无法阻止他,他依然冷静地、无畏地前进着。

任凭大风卷着沙尘刮在脸上,他也绝不低头,不转身。街上的杂物随风刮落在他裸露的细瘦的小腿上。身上的衣服一会儿被风吹得鼓起,一会儿又紧贴在身上。

他只是走着,一个劲儿地往前走着,对他来说似乎前方没有任何阻碍,就算有也可以被轻松克服。当这个可疑的人影顺着笔直的大路一直走到拐角处时,令人意想不到的是,竟又出现了一个黑影。

尘土飞扬的雾气中,那佝偻的小小身影,看起来多么脆弱,似乎整个人都在颤动。

一阵狂风发出凄厉的响声,从地面上掠过。那道影子像是被玩弄的枯叶,在风中摇摇晃晃,几乎要被吹倒。好不容易站稳了,不一会儿又像病入膏肓之人一般无力地摇晃。

这个小小的影子双手紧紧地遮掩住面部，在大风中被吹得左右摇摆，突然间，他听到了意料之外的脚步声，便立即放下双手，试图透过黑夜与沙尘，看清来人的模样。

对在风中无所依靠、筋疲力尽的人来说，突然出现在眼前的身影是多么伟大啊！

然而那个小小的影子却跌跌撞撞地躲进了旁边的树丛中，似乎在等待对方离开。

然而，不知为何，我们最开始见到的那个只有正面的人影，却在树丛前停下了脚步，然后温柔地注视着对面。树影婆娑间，可以看到远处村公所的灯火，红彤彤地发着耀眼的光。

最先见到的那个人影全神贯注地盯着那一点光亮，猛地跳了起来，双手举过头顶，发出了极度喜悦和惊讶的尖锐声音："哇！"他大声喊着，然后像颗刺果似的跑开了。

他的身子几乎弯成两半，大张着嘴露出牙齿，头部前倾着快速穿过沙尘，只留下呼啸而过的风声。

第二个身影也踉跄着跑了出来。

依然是双手掩住面部，摇摇晃晃的小小身影，仿佛是一个狂风的玩物,渐渐地消失在视野里。

十八

夜晚的狂风吹到早晨变成了骤雨。

忽下忽停的阵雨将村里的大路毁得不成样子,道路两旁几乎形成了两条小河流,路上两道深深的车辙里也积满了褐色的泥水。

村民都待在各自家中,靠做鞋和搓绳打发时间。闲不住的孩子们则跑去了村头的杂树林。

那里一到秋天,树脚下就冒出许许多多的不知名的蘑菇,运气好的话甚至能找到黄色的小朴蕈。所以今天,孩子们在这种极端的天气里也开始了"采蘑菇行动"。

他们努力地寻找着,即使赤着的脚被萱草割得很痒,还是哼哧哼哧地往林子深处去。

孩子们踩过湿漉漉的落叶,手指缝里粘满了泥巴,看到蚯蚓竟不假思索地抓起来抛向对方,又拿着松针叶恶作剧地互相搔痒。他们争先恐后地往前跑着,最前面的孩子误打误撞地竟跑进了林子深处的墓地，像是发现了什么似的停下了脚步，小心翼翼地看着前方。

孩子们都惊呆了，聚到一起远远地透过树梢望着他指着的地方。

在一堆落叶之上，竟插着一块带有白色花纹的黑布，像一面旗子一般随风飘舞着。

"那是什么？是什么东西在飘啊？"

"真的，快看啊！"大家都激动起来。

"真的有东西在飘。你去看看吧，我们在这儿等你。快去吧！源。"其中一个孩子说道。

"什么？我一个人去吗？才不要！要去就一起去！"

"我们不想去，不是你自己说的吗？你去吧！"

"对啊对啊。"其他人附和着。

"是吧？你自己说要去的，快去吧！"

"上啊！我们就在这里等你。"

最先提出要去看看的孩子困扰极了。他又提议来猜拳，输的那个人去看，但是大家都不答应。最后决定他打头阵，其他人跟在后面一起去看。

他既好奇又害怕，感觉耳边都可以听到自己的心跳声。虽然害怕得想要逃跑，但又不想被其他人说是胆小鬼，只好挺起肩膀继续大步往前走。

然而这份令人赞叹的勇士一般的决心，在目睹了从高高的红皮松树树干上垂下来两条惨绿的人腿时就完全失效了。打头阵的孩子吓得脸色惨白，跳起来奔向自己的同伴。

"有人上吊了！"他大喊着，像是被人踢了似的穿过墓碑往大路上跑去了。

其他孩子也被这一声吓了一大跳。

他们失控地大叫着，你推我搡地挤在狭窄的小道上，终于从那个地方逃了出来。

突然又寂静下来的林子里只剩下树叶落下的声音，几片竹叶被风吹着，落在新鲜的蘑菇上，又从摇晃着的两条腿之下飞过。

在孩子们的带领下，村里的男人几乎都聚集在墓地。大家成群结队地走着，互相安慰着说肯定是有人开玩笑。结果走近一看——真的有人上吊了。

那是个男人，脸被手巾包住了，脑袋耷拉着吊在一根绳子上，像坏了的人偶一样，整个身体在半空中晃晃悠悠。

衣服被雨打湿紧紧地贴在皮肤上，可以清楚地看出僵硬的肌肉轮廓。

头发粘在一起，几片枯叶落在上面。

看到这里，村民们方才回过神来。

"到底是谁？"

大家在脑海中费力地想着，却完全想不出这身形这穿着的主人会是谁。

自从七年前一个女人在这块墓地里吊死之后，村民们怎么也想不到会再次发生这么恐怖的事情，完全不知如何是好。

临出门前只匆忙穿戴了蓑衣和草帽的村民们，此刻都沉默而茫然地看着眼前这具在风中摇晃的、真实的人类尸体。

红土被雨水冲刷着，斑驳的地面上是一个被踢翻的树桩和一只粘满泥巴的草鞋。离地只有三四尺的尸体的衣服下摆滴着水，落在下面的水洼里，滴滴答答地砸出一个个小水坑。

"快给他放下来吧。"大家心里都想着同一件事，每个人都在等有人把它说出来。

每一次大风咆哮着吹过树林时，那具尸体都剧烈地摇晃起来，仿佛细绳马上就要被那重量扯断，尸体眼看着就要掉下来了,在场的人无一不忧心忡忡。

因为发现了大事而骄傲的孩子们,突然发现平时总是严厉训斥自己的爸爸和哥哥,此刻都一动不动地站着,一脸不可思议。

他们聚在角落,一边和大人一起看着那具尸体,一边小声地说着:

"原来大人也害怕啊。"

"真的,他们看起来也很怕。"

直到巡警和挖墓人来到了现场,那具男尸才被降下来。

发胀的尸体被放在门板上,人们费了点时间才把他头上的毛巾解下来,站在旁边的一个人惊慌失措地跳了起来,他像疯了一样大叫着:"哎,阿新!这不是阿新吗!"

周围立即陷入一片混乱,大家纷纷伸过头来看着死者的脸。

"什么?让我看看!天哪!真的是阿新!"

"这么孝顺的一个儿子,还是被那个死老太婆逼死了!那个老太婆才是真该死啊!"

大家都被身边人突如其来的死亡吓慌了神,阿新这么一个心地善良、孝顺母亲的人，自己昨天还跟他说过话呢，今天竟成了这般模样！冷静下来之后，大家又不约而同地憎恨起阿新的母亲来，又感叹平日里饱受来自母亲的折磨的阿新，一片真心全是喂了狗。

甚至有个人自以为是地说着："如果去告发他母亲的话，用什么罪名好呢？殴打致死怎么样？"

只有那个年轻的巡警神色仓皇，一直用嘶哑的声音让旁边的人赶紧去叫阿新的家人，根本不理会那人说的话。

一个男人连忙穿起蓑衣飞速地跨过田野，往水车坊的方向跑去了。

水车坊离这里并不远，远远地就可以望见，然而刚刚负责去通知阿新家人的男人却一直没有回来。众人一边感叹着阿新的父亲也是个天性良善、待人真诚的好人，一边搓着手取暖之际，田道上出现了一个人影。

因为去的人迟迟没有回来，大家正商量着要再派一个人去。忽然路对面冲过来一个疯疯癫癫的老妇人。

"哎呀那是谁啊，这么激动？"

"真的，一个老婆婆怎么跑得那么厉害？"

冲进众人视线的，竟是善痴的母亲。

这到底是怎么一回事？

善痴母亲一头白发乱蓬蓬的，衣服的袖口也被扯得七零八落，此刻正大口喘着气……

"哎呀，善痴妈妈，您这是怎么了？怎么跑成这样？"

"是谁？上吊的是谁？"

善痴妈妈脸色苍白，焦急地扯着大家的衣服追问着。

"是阿新，是水车坊的阿新，他太可怜了。"

"您冷静一下，慢慢地说。"

众人纷纷安慰着一直颤抖着的善痴母亲。

"什么？是阿新？水车坊的阿新？"

她整个人都松懈下来，舒了口气，紧接着又突然皱起眉头，说道："我家的善痴也失踪了，今天早上，也不知道是谁，突然跟我说看到我家的傻子在邻村的沼泽地里……"她一边说着，眼泪一边簌簌地流。

大家都安慰她说善痴没有死，但也预感到应该是出什么事了。善痴母亲突然跪了下来，央求着大家帮忙找找善痴，即使是尸体也行。

"平日里我就怕自己没有照顾好他,有时候他没好好吃饱饭我都担心得不得了。这次他要是死了,我会恨死自己的。求求大家,帮帮我吧!"

众人心里直打鼓,果然两三天前的那场大雨非同寻常。

"一夜之间,两个人都出了事,到底是怎么了?"

"这都是报应啊,可怕啊可怕!"

"实在是太恐怖了,我们也无能为力啊,南无阿弥陀佛……"

"希望他去往极乐世界吧。"

一半的人,扶着善痴母亲,情绪低落地回去了。

风吹过阿新身上的草席,露出湿漉漉的衣服和脚尖。还留在墓地的人怀着虔诚的心,不断地在心里琢磨着寺院里和尚说的那些话,什么前世的因缘,什么极乐世界和地狱。阿新生前受了那么多苦,死后一定会把自己看到的事、做过的事全部告诉佛祖。

俗话说,善有善报,恶有恶报,仿佛阿新有什么天道之力似的,众人都变得战战兢兢起来,央求着老天不要惩罚自己。

众人想到自己未曾给过阿新什么帮助,既感到内疚，又感到恐惧。

"阿新，你一定要记着，我真的很同情你，可是我也是个穷人，真的帮不了你什么啊……"

众人纷纷对着那一动不动的草席，害怕地低语着。

十九

村庄彻底陷入了一片混乱之中。

竟然发生了有人上吊这种让人听都不敢听的事，大家都喜欢的阿新竟以那样一种难看的模样去世……

接着，人们又听说善痴也死了。

这个村子到底是怎么了？这样看来，前几天那场恐怖的大雨果然是个凶兆……

大家都对此深信不疑，死神不知何时附在了意想不到的人身上，随时准备收割他们的生命，有人甚至感觉死神就站在自己身边，于是他们都不敢再出门了。

我听到这些话的时候，完全没当真。

在我所认识的人中，死去的屈指可数。那些看着我出生的人，到现在还把我当成小孩子一样爱着我、娇惯着我,并且他们依然在健康努力地工作。

然后我与善痴和阿新结识才不过两个月的时间,他们竟然就这样死掉了。还是以如此猝不及防、如此令人毛骨悚然的方式死去。

甚至前天,我还看到善痴在路上跑。

不久之前,我也和阿新打过招呼,清楚地记得自己当时说:"阿新早啊,最近身体好些了吗?"如今他却变成了一具冰冷的尸体,即将被埋到地底下去。

无论多么辛苦多么厌烦,我都未曾想过死亡,我开始思考起当下的生活。

在这大千世界,一天之中有多少人死去呢?十个人,一百个人,抑或是一千个人。而在那之中,我依然好好地活着,并且是健康地、精彩地、被爱着地活着。

所以我几乎不会产生任何消极的想法。

不管遇见什么样的困难,我都会去克服它,虽然在我的狭小天地里出现又消失的,在别人听起来也许都是些无关紧要的小事。

比起自杀,面对困难我首先想的是怎么去解决它。在我的头脑枯竭、迟钝之前,无论怎样我都会努力地活着。所以我绝不会像以前的女人那样，轻易地舍弃自己的生命。

只要我的生活还有意义，我就不会死去。

但是现在，我的身边就有两个人这样死去了，大家甚至对这死亡见怪不怪。

如果那天晚上，我去了那片林子，会不会就能阻止阿新的死亡呢？

我一定会拼尽全力去阻止他自杀的，会对他说我一定帮他治好病。但是，我真的可以帮助他吗？在那种时刻，我能做的，也就只是把阿新从树枝上拉下来而已。

我无法一辈子都守着阿新，无法永远都在他身边鼓励他。而且，就算他得到了一些治疗，手里有了一些钱，不还是贫穷地、艰难地活着吗？这样的生活究竟有什么意义呢？

"我得救了，可那又怎么样呢？我一点都不想在这世上苟延残喘地活着。你为自己帮助了一个人而满足、开心，那我呢？我只后悔当时为什么没有直接死去。"我仿佛听到他这样说。

我明白，就算那时我救下了阿新，只要不能将他从饱受压迫的人生中解救出来,就依然是无济于事的。

只想着要救下自杀的人,却不去考虑那个人的一生接下来要怎么活,说到底都是为了满足自己的私欲而已。

想到这里,我感到一切似乎都在脑海中崩塌。

难道说,迄今为止我给过别人的所有恩惠都是为了满足自己那颗干涸的心吗?我送给他们衣服、金钱、食物,还有我由衷的同情,难道对于他们的人生就真的没有一丁点儿意义吗?

如果我以真正伟大的爱包容他们,深切地同情他们,阿新就不会死吗?

如果给善痴的不只是酒的话,又会如何呢?

然而,这两个人,在我什么都还没来得及做的时候,就已经死了。在我什么都还没来得及做的时候,一切已成定局了。

我未曾给予过阿新一些鼓励,未能让他认识到自己的生命有多珍贵。

也许,我并不是真正地爱他们,我也无法爱他们!我到底该怎么办?

我太失败了，曾经那个无论如何都要为他们做点什么的愿望，如今令我无地自容。

我像是一个毫无价值的人，做着毫无意义的傻事。那些高高在上的所谓慈善和虚伪的亲切，都只是在给自己的人生铺路，而如今我看到这条大路正在毁灭，正在崩塌。

而我，又真正给予过什么呢？

我两手空空，什么都没有。如此渺小不堪的我，只能茫然失措地问着老天我究竟能做什么。

但是，请不要憎恨我！我一定会抓住些什么。无论多么渺小，这个世界上也一定会有令所有人都欣喜的事发生。所以，请等待一下，请保持健康地工作吧，我悲伤的朋友！

即使哭泣，我也会坚持学习，拼尽全力地奋进。就算现在死去，如果我们能够毫无芥蒂地一起微笑，那该是多么幸福的事情啊！连上天都会为我们高兴！

我亲爱的、养育了我的老天爷，一定会开心地说着："好！好！"

善痴的尸体直到夜晚时分才被找到。

他抱着小狗淹死在了邻村村头的沼泽地里。

在他的头发里,一群小虾子正排着队进进出出。

〔一九一七年三月〕

时代与世人

時代と人々

一声"吾师",饱含着多少敬爱之情,我一生也无法忘记,脑海中那张面容……

千叶安良老师,如今在哪里,又过着怎样的生活?

二十多年前,她在御茶水女子学校担任教师,恐怕没有多少人知晓她的名字。我不知道同学们是怎么看待千叶老师的,但我的青春时代里有过千叶老师的存在,这件事时至今日仍令我感动不已。

来到女子学校的第三年,我想这个时期对任何一个女孩子来说都意味着忧郁、不安,如同被暴雨洗劫的早春,令人震颤。而我人生中的这个时期,却是黯淡无光的。

当时,我的父亲四十五岁,母亲比他要年轻八岁,都正值壮年,他们的生活也着实可谓波澜壮阔。两人都忘我地经营着自己的生活,而像我们这样的孩子只能紧紧抓住父母的衣摆随其在大浪中沉浮。

在这样火热的气氛中,作为长女将受到何等复杂而残酷的冲击,简直难以想象。性格迥异的夫妻之间,越是爱意纯粹,越是容易爆发严重的冲突。如今回想起来,这其中不乏亲属间的纠纷、婆媳间的矛盾,包括母亲自少女时代,就因饱受来自世俗对女性的压抑和批判而不断积累起来的愤懑,这一切在她年岁渐长后终于爆发了。而这片激烈的情感旋涡,不可避免地将女儿也卷入其中。每一次以感情为武器的对抗,都是对母女之情的一次考验。母亲时常哭诉道,明明都是女人,女儿却不能毫不犹豫地站在她那边。之后她面对父亲时的怒火也理所当然般地扩散到了女儿身上。

女校三年级的女儿,就如同刚出生的幼鸟一般,尚沉浸在对于生命的陌生感中,对世界的认知才刚刚开启,怎么能要求她去理解成人世界里的母亲的苦楚呢?

当时,我经常脸色苍白,带着头痛去上学。因为母亲是生产困难的体质,必须非常重视产后的恢复。所以她自己照顾不了刚出生的孩子,只好请了一个保姆帮忙。但是这个保姆住的房间很远,而且她白天太沉迷于自己的其他生意,晚上婴儿哭闹的时候,她根本醒不过来。母亲十分担心，她说我是个眼尖的孩子，就让我睡在了保姆和婴儿的旁边。虚弱的婴儿一晚上要哭好几次，且一旦哭起来就很难停止。我只好抱起在闷热的蚊帐中哭闹的婴儿在房间里走来走去，不知不觉间天就亮了。

经历过许多个这样的夜晚和被头痛席卷的白天，我的内心也被各种复杂的问题占据。不管是在家还是学校，成年人的世界是奇妙的，总感觉他们在对待小孩子时也是神奇的。比如，父母常说一句话，尤其是母亲在教育孩子时，说父母含辛茹苦把孩子养大，孩子应该懂得感恩。然后他们根本没有在心里反思过自己做孩子时是不是这样，就直接把它灌输给了自己的孩子。这种极不负责、冷漠又自私的父母是不会理解自己的女儿是怎么被生活折磨的。每次听到父母在说那句话，我就感到一阵悲伤，又想起了自己每晚每晚抱着的那个婴儿。明明夫妻之间已经吵得那么厉害，却又生了一个孩子。父母恩情，究竟算什么？

我在学校里有三个好朋友，但我从不会跟他们说这些事情。虽然痛苦，但并不悲伤。而且，世人总说生命是欢愉的，所以我们连痛苦都无法言说的那种令人难以喘息的憋屈感,要怎么表达才能让别人明白呢?

在女子学校的课程对我混乱的生活起不到一点帮助作用。大正时代初期,爱好文学的人基本都读过王尔德、爱伦·坡、武者小路实笃的作品。但一谈及自己写过的东西,无非是一些自我意识强烈却又不表现内心真实想法的故事。我想这也和当时那个年代人们的思想发展不健全有关吧。

到了四年级,学校开始教西方历史。西方历史课老师第一次走进教室时,全班顿时陷入了一片惊讶和喜悦的气氛中。

老师穿着一件制服式样的浅紫色的外褂,个子非常高。看到这位皮肤不是很白、一脸紧张的年轻老师的第一眼,学生们就感受到她是一个非常温暖的人,并且都喜欢上了她。喜欢她微微绾起的茂密的头发,喜欢她豁达温柔的性格,喜欢她随和大方的姿态,她的一切都让人赏心悦目。

她就是千叶安良老师。学校里洋溢着青春的气息,年轻的学生们还没有经过世间各种感情的洗涤,依然保持着纯粹的爱恨,就像现在几乎每一个人都对千叶老师抱有好感一样。每天的体操时间,千叶老师都会系上一根浅蓝色的美利奴束衣带。于是,班级里很快就有人也学着把同样的美利奴系在了腰上,就像千叶老师系的一样。没过几天,班主任就批评了全体学生。她说这段时间总有人不知道是在模仿谁,披着一头乱发,系着奇形怪状的束衣带,太影响班容了,必须马上停止这种打扮。

我在学校里终于找到了一件快乐的事。因为我坐在第一排,所以每次都感觉只有自己一个人和这位罕见的依然保留着"人情味"的老师一起度过了西方历史课的时间。千叶老师在课上教会我们,历史是围绕着复杂多变的人际关系而展开的,一个事件的结果,也许就是下一个事件的原因,她向我们描绘了事情发展的全过程。这节课也让我学会了用另一种眼光去看待身边的事物,去看待自己的内心,学会了去探析一件事情的成因、考虑一次行动的结果。

尽管千叶老师对这些事情一无所知,但对我来说,这门西方历史课确实让我收获良多,仿佛我那混沌不堪的世界也有了一丝条理性。

千叶老师对我们热心的教导,令我感动不已。她的眼中总是充满了对年轻人怀抱善意、信赖的真挚光芒。她既不会刨根究底地叱责我们，也不会用严厉的眼神恐吓我们。眼睛真是心灵的窗户，每次我无意间对上她的眼神，心里都会感到一阵暖意。那一刻我感受到了莫大的鼓舞，生出一种前所未有的勇气——即使面前阻碍再多，我也要自信、乐观地活着！

到了四年级，我又遇到了一位有"人味儿"的老师，那就是教国语课的堺老师。这位老师总是一脸阳光，我们上他的课时都是精神百倍的。虽然没有实际交流过什么，但总感觉上堺老师的课就是很有趣，很开心，所以我也认真地努力学习起来。

到了五年级，千叶老师去进修了心理学，也开始给我们讲授心理学入门概论。虽然只是非常基础的心理学知识，我却完全沉迷于其中。我第一次感受到，我在学校里学习到的知识，与自己的生活有了那么一点相通的地方，在文学阅读上我也渐渐开始选择更有深度的书籍。当时，受到"白桦派[1]"影响我开始阅读

---

1 白桦派是20世纪初日本现代文学中一个重要的流派，得名于文艺刊物《白桦》。该派作家在作品中往往反映出追求个性解放、重视自我的倾向以及深厚的人道主义精神，代表作家有武者小路实笃、志贺直哉等。

托尔斯泰的作品,而这个爱好竟使我有了机会——与千叶老师共同度过放学后的三十分钟。

这三十分钟里,老师只与我讨论书籍的相关话题,而有意地避开了私人生活和感情问题。谈及书籍选择,老师告诉我,这与年龄、性别无关,而是要依据个人的探知欲和理解力。除了小说之外,我开始阅读各种具有启发性的科学和哲学类书籍。我在阅读一本书时萌发了新的兴趣,于是就开始朝着新的方向扩展自己的阅读。

如今回想起来,最有价值的绝不是我在那几年里读过的多少本书,而是千叶老师不带任何偏见地、真诚地帮助我去发现了人生更多的可能性,是她让我迅速成长了起来。

当然这也与千叶老师不是班主任有关,她在一个相对合适和自由的位置上,可以给我更好的陪伴和建议,也让我学会了去信赖一个人。

在女子学校的最后一年,我也许和正常的女校学生不太像,但我确实投入了很多努力,也收获了显著的成长。

从女子学校毕业后,我进入目白大学读英文预科,一个学期后我便退学了。那时,千叶老师和河崎老师一同在桑田芳藏教授的指导下学习心理学,我有幸加入了她们。就是在那个时期,我把威廉·冯特的书从头到尾读了一遍。如果你对普通的教师风格稍微有一些了解的话,就会知道不是所有的老师都愿意花费自己的时间,去不遗余力为自己的学生考虑。

当时我是那么敬爱千叶老师,甚至忘记了我与她之间的年龄差距。不过我猜测,千叶老师工作才一两年的时间,所以她大约是在二十五岁到二十八岁之间。不知不觉间,与千叶老师的交往给我带来了极深刻的影响,让我对自己的人生有了新的展望。我想这也是因为,千叶老师自身也在一直为这个世界上的女性能拥有更美好的未来而奔走努力吧。

千叶老师内藏于心的这种为人类事业奋斗的诚挚期许,多么令人钦佩。而如今,千叶老师又在何处、为了什么愿望而奋斗呢?

大正中期时代的动荡和变迁,使女性生活发生了剧烈的变化,我与千叶老师之间的交往也不复往日。我们都有了自己的家庭,千叶老师也在那之前就因为某些事情离开了学校。虽然结婚是很私人的事,但除此，我再也没听到过千叶老师的任何消息。我甚至有一种感觉，这就是女性生活中不得不经历的事情……老师，您如今还好吗？

说起我的老师，我又不得不提起第一次帮我介绍作品的坪内逍遥老师。

我与坪内老师年龄差距很大，而且我们之间的交往并非出自我主动，尽管看起来似乎关系很近，实际上我与坪内老师的沟通十分吃力。不管怎么说，豁达聪慧的坪内老师已经步入老年，而我作为女性正处在人生中最匆忙动荡的时期，所以我与坪内老师之间的代沟还是存在的。

坪内老师是那么亲切和真诚，即使对方只是一个小姑娘，即使这个小姑娘的作品只有她自己的父母看过一两次。而坪内老师确实是一个传奇人物，他创办过文艺协会，接待过抱月[1]和松井须磨子[2]这两位大家。另外，他还与由演员转型为作家的、一度饱负盛

---

[1] 岛村抱月（1871—1918），日本著名文艺评论家、戏剧编导，新剧运动先驱，有"现代戏剧之父"之称。

[2] 松井须磨子（1886—1919），参见第110页注释，是岛村的学生、情人，两人有过一段极具争议的情感。

名的田村俊子[1]女士有过深度交流，他们曾在一起探讨女性和艺术生活等问题，并且表达了对日本社会当下时局的批判。

我二十一岁时在美国跟一个读东方学的男人结了婚，据说他之前开过洗衣店，还当过洗碗工。那几年我的生活过得很艰难，也没有写出过几本像样的作品。在老师的眼里，我大概就是一个痛苦的失足少女，几乎看不到未来吧。

现实也确实如此，尽管我本人从未向外界寻求过帮助，但在与老师联系的过程中，脑海里偶尔闪过自己一片空白的未来，心里还是会感到无比痛苦。如果我已经接受了这样的命运，就不会这么痛苦。我想，我必须做出改变了。

老师是跟随着近代日本文学的黎明一起成长起来的，面对老师的时候我似乎总是有无穷无尽的问题。当时，这位老博士正全身心投入《莎士比亚全集》的翻译之中，我积攒了一大堆的问题，却没有机会得到

---

[1] 田村俊子（1884—1945），日本大正时期著名小说家、剧作家、剧场演员。

老师的指导。受到家教和礼仪的束缚，我不想打断老师的工作状态，所以一度陷入了内心的折磨之中。过了一段时间，节气的变化给我的心理也造成了影响，有一天我突然意识到——我该回国了。于是，一个年轻的、笨拙的人，回来了。

这种距离究竟意味着什么呢？

明治初期我开始了解文学史，浏览二叶亭四迷[1]的生平时，有几句话给我留下了深刻的印象。四迷写出《浮云》是在明治二十年，那时二十七岁的坪内逍遥老师于两年前就因先后发表了《小说神髓》《当世书生气质》和《鬼岛归来的桃太郎的船》而受到了广泛欢迎。小三岁的二叶亭以时下流行的形式与一位名叫"春廼舍胧[2]"的人共同出版了《浮云》上卷。后来，这位"春廼舍胧"读了二叶亭写的部分之后发现自己不适合写小说，遂停止了小说创作。以上都是老师在回忆录里记下的事情。

---

1 二叶亭四迷（1864—1909），日本著名作家、翻译家。原名长谷川辰之助，二叶亭四迷这个笔名的意思是"你给我死掉算了"。

2 即坪内逍遥的初号。

这个故事让我清楚而悲伤地认识到，一个人的"智慧"是有限的，生命中多的是"智慧"也无能为力的事。

我们的人生进程，归根到底，不就是依据每个人不同的人生欲望，从每时每刻的现实生活中，探索各种可能，触发各种意想不到的际遇吗？

众所周知，从事科学研究的男性们，拥有做学问的途径、优秀的前辈和极为重要的导师。

在文学上，是否也应该同等看待导师的重要性呢？学生从导师那里可以受到的影响是意义非凡的。然而，产生文学创作欲望的根源，在于人们想要表达出现今尚不存在的事物。那是一种更为迫切、更为真实的情感和冲动，像地热一样将温暖传递到人们身上的每一根血管，而后焕活人类历史的脉搏。

而女性的情况，则是比男性更容易受到社会意识和准则的束缚。由于种种矛盾，数不清的女性倒在文学的入口，没有力气再前进，这是一件多么可怕的事！而我们同时代的女性作家们，借助自身的婚姻、生活经验等，得以以某种形式留下了自己的痕迹，这也是这场斗争中无法磨灭的事实。向文学探求什么，就是向生活探求什么。这一艺术形式，对女性来说本就是最为直接的。

第一次世界大战结束时我正好在纽约，有幸见证这一段惊异的历史，也引发了我诸多思考。

也是在这个时候，我对武者小路先生所说的爱产生了怀疑。如果人类可以有无条件的爱，那么，在初冬晴朗的天空之下，宣告停战的数百个汽笛响起的时候，人们为什么不去体察那些战败且同样失去所爱的人们的心情呢？当你加入人群的欢呼声中时，是否想过自己再也回不来的丈夫、儿子抑或是兄弟？一九一八年十一月十一日那一夜，人们在百老汇门口载歌载舞，彻夜狂欢。而我却感到浑身战栗，对人们口中的正义和人道主义产生了深深的怀疑。

转眼间，十年过去了。

怀着难以言喻的心情，我久久地伫立在伦敦的圣保罗大教堂前。大战中牺牲的那些无名战士的纪念碑，此刻被煤烟熏黑了颜色，落上了鸟类的粪便。圣保罗正门石阶的向阳处，挤满了失业的男人。他们有的坐着，有的躺着，废弃的报纸随风飘飞，远远望去那里仿佛是一座巨大的生活垃圾山。

公园的草地上,两三个失业的女人聚在一起,分享着食物。都说英国的公园世界闻名,然而在伦敦东部的这个公园里游玩的大人、小孩,不管是表情还是谈论的话题,似乎与西部的人们完全是两个画风。

而在巴黎凯旋门,无名烈士墓边的火光日夜不灭,一旁竟配有士兵默默守候。

不过,我并没有打算要赞美巴黎人民对于牺牲的尊重和装饰的意趣。在男女比例1∶5的巴黎,傍晚时分可以看到穿着华丽的衣裳走在林荫大道的女人,也可以看到穿着黑色木棉袜工作了一天满脸疲惫地回家的女人。报纸上记载的通过木炭瓦斯自杀的人,几乎都是女性。美丽的巴黎,在遭遇着什么呢?

不管是在女性受教育程度高的英国,还是在宣称女性地位高的法国,女性独立生活的条件依然难以得到满足。我不禁开始思考,女性和儿童究竟在过着什么样的生活?

抛开现实的不合理,比如像法国那样在小小的银币上铸上友爱、信义、自由这样的文字,说起来多么容易啊。

作为一名女性生活在这个时代,我感受到一种新的热情。与西方截然不同的日本,对世界史高度敏感的日本。总是面带微笑任劳任怨的日本女性,又在渴望着什么、追寻着什么呢?我仿佛听到了命运在低语。

又是十年,如今世界的现实告诉我们,在极端的情况下,人们应该更加相信人类的理性。在生活的狂澜里,作为女人,哪怕只是想要实现一个微小的愿望,也必须拥有不逊于任何时代的不被世界的混乱吓倒的勇气和坚强的意志。

就这样,我们一点一点地学习和成长着,毫不畏惧跋山涉水的艰难路途,勇敢地踏进了历史的洪流之中。

〔一九四二年一月〕

时时刻刻

刻々

早饭后，杂役开始打扫牢房卫生。驹入警察署是座古老的木制建筑。干活儿的这个杂役也是个被抓来的无赖，他将衣摆撩起掖在了屁股后面，把手巾撕开当成腰带系在腰间。此刻，他正拿着濡湿的毛巾慢吞吞地擦拭着牢房的铁栅栏。

昨天晚上，神明町的博士家里进了强盗——看守和杂役今天一直在讨论这件事，整个看守所的人都听到了。两间牢房关押着二十多个人，有小偷、扒手、吃霸王餐的、搞敲诈勒索的，等等。

看守在杂役干活的地方晃悠来晃悠去，以一种感慨的语气说道："这两年，抓来的人真是越来越没劲儿了。"

"以前，没这么多人进看守所，一旦被抓来了，那绝对是犯了大事。如今呢，都是些吃饭不给钱的，小偷小摸的，把看守所都给挤满咯。哪里还找得出一个有种的。"

这时,保护室里传出一道低沉、不满的声音。

"难道不是因为最近你们胡乱抓人吗?都不敢随便上街了。"

自从在中国东北发动侵略战争以来,广播和戏剧里无一不充斥着煽动战争狂热情绪的内容,让人倒尽胃口。近来又兴起了一种强买强卖的违法手段:一些人穿上残疾士兵的土黄色军服,跑到只剩下女人的家里极尽威胁。现在牢房里就关着四五个这样的人。

听到这些话,我想起一件事来:以前警察为了抓左翼,专门收买了一些女招待让她们协助,抓到一个人就赏点钱。那时候警署的巡警只要抓来一个人关上一夜就能拿到五十钱。要是抓到了共产党,一下子就能得到五元。如果是更高级别的"大人物",就更多了。抓到藏原惟人[1]的赏金会是多少呢?我瞬间思绪汹涌,身体都开始发热了。

---

[1] 藏原惟人(1902—1991),日本文艺评论家、翻译家、社会活动家,宫本百合子的好友。1928年参加日本共产党,积极参与各种活动,并于战后参与重建日共的活动,担任过日共中央委员、文化部长。

过了一会儿,我隔着铁栏跟他们说:

"但是你们抓多少人也没用啊。社会的现状改变不了,这些人关个二十九天放出去以后还是没法儿糊口,只好又干起以前的勾当。"

"嗯……"

牢房前面的地板被湿布擦过之后,泛着寒光。大清早,看守所里的人精神头都缓过来了,此刻正将我们的对话听得一清二楚。

肩上镶着金绶带的高个儿司法主任粗暴地推开门走了进来,一只手在桌上摆着的巡逻表上盖了几个章,然后对这里的看守低声交代了几句。穿着大靴子的长脸看守低头应答着:

"是,一名……明白,是。"

金绶带长官离开后,看守慢吞吞地从桌子里侧掏出一把钥匙,打开了我所在的第一牢房的铁门,指着我说了一声:"你,出来。"

我连忙站了起来,准备去穿放在门口的粗草鞋,看守又说:"拿上你那张纸,搬走咯。"

"搬走?去哪儿?"

难道是要放我出去吗？我瞬间想到。然而看守并没有回答我的问题，又命令道："把你的席子也带好。"厕所旁边的拐角处立着两张卷好的草席，我拿了一张。看守将我带到走廊的角落，那里还有个三尺[1]大的小窗。他对我说："把席子铺好，坐那儿。"

看来是为了收押昨夜抓到的那个强盗，才让我腾了个位置出来。

我在走廊里来回踱步的时候，受到了牢房里那些无所事事的男人的集体注视。突然旁边的一个男人伸着脖子朝这边大喊道：

"真是不妙呢，这边可冷了！"

经过保护室的时候，屈膝坐着的今野[2]生气地瞪着眼睛，不甘地低吼了一声。

我强烈地感受到，至今遭受过的所有事情不正与眼下的处境如出一辙吗？不作任何说明，不给任何希望，零零散散地下达命令，让人完全失去了行动的自

1　1尺约等于0.33米。

2　本名今野大力，日本无产阶级诗人、社会活动家，宫本百合子的好友。

主性。而这种做法也让懦弱的人变得更加诚惶诚恐了。

强盗被带进来的时候，看守所里的气氛十分冷漠。他穿着立领的衬衣，外面套了件条纹西服。听说他还什么都没拿就被抓住了。这也直接影响了牢里的恶棍们对他作为一个强盗的评价。只有看守把脸凑近铁栏望着里面说：

"真没用啊。人家明显都认识你了吧？下次做的时候可别这么废物了，知道吗？"

那个据说是开蔬菜店的二十三四岁的男人只是一声不吭地低着头，双臂抱胸站在那儿一动也不动。

走廊墙板间的缝隙里吹进一股刺骨的凉风，寒意顺着我的后颈迅速钻到全身，我坐在那里禁不住地颤抖起来，只好把外褂的领子竖了起来企图遮挡一点点寒风。中午的时候，杂役将饭菜轻轻地放在了草席外面的地板上，离看守那双沾满泥浆的靴子只有不足两尺的距离。

保护室的门开了，今野大力依然穿着那套西服，身体摇晃着走了出来。他的脸色很差，但还是朝这边笑了一下，然后走到水槽前漱起口来。他得了很严重的感冒，喉咙已经肿了，还发着高烧。

我瞅准时机从草席上站了起来，装作要去角落的厕所，慢慢地经过他身旁时小声询问道："有消息吗？"

"藏原，应该是被单独关着。"

"……"

看守所的厕所没有门，它就在水槽旁边的拐角处，大约三尺大的地方，混凝土地面，还挂着一面脏污的四方镜。这是为了方便看守监视如厕的人而设置的。我蹲在这间昏暗的厕所里，脑海里飞速地思考着各种事情，企图通过刚才得到的一点点信息来推测外面的情况。从厕所出来洗手的时候，我又问他：

"拘留是什么情况？"

"中川那家伙说是关二十天……资产阶级在用媒体大肆造'克普[1]'的谣呢。"

"其他人呢，都没事吗？"

"不清楚，不过……"今野停顿了一下，接着又快速地说，"应该是安全的。"

我知道他说的是谁，一时间也不知道该说什么，

---

[1] 原文作"コップ"，杯子之意，此处引申为"小范围"。

只好沉默着点了点头。

特高警察到看守所来了。

他叫我出来。我刚走出那道堆着许多用蓝色棉布包着的便当盒的臭烘烘的走廊，就听到他说：

"你家的女仆貌似不想干了。"

他的语气十分昂扬，似乎想激起我的情绪。然而我只是板着脸沉默地跟在他身后进入了二楼那间满是灰尘的房间。

"给，赶紧写个回信吧。"

他将亚索的信纸交给了我，告诉我亚索来过一趟，当时想见我没得到许可，只好留下一封信。亚索的信应该是用警署里的笔写的。

中条先生[1]：

家父发来电报，要我立即回去，说是这次再不回去就不让我进家门了。实在抱歉，望您准许我返乡。

亚索

---

1 宫本百合子原姓为中条。

看完这封信,我的脑海里不禁浮现出这个总是穿着碎花和服系着红腰带的年轻小姑娘的身影,陡然变得空荡荡的家,以及在附近纠缠不休的特务。报纸上用夸张的标题报道了我的事情,恐怕还刊登了我的照片,我都能想象出亚索在外面看到这些消息时慌乱的样子。

亚索出身于一个富农家庭,是个真诚的小姑娘。但不管有多真诚,遇到眼下这种情况她也是无论如何都无法再继续下去了。这个时候,根深蒂固的阶级性就显现了出来。我以前就对亚索抱着这种看法,而仅仅住过两个月的动阪的家,即使没人看守也没什么大碍。特高警一直紧紧地注视着我的侧脸,我清楚地意识到,我们今后的生活即将迎来翻天覆地的变化。

我站在桌边,将一旁的砚台盒拿了过来,不动声色地磨了磨墨,将毛笔伸了进去。

"请看,你们散播的谣言已经展现出初步的效果了。"

说完,我快速地写了一封简短的回信。我正准备再读一遍亚索的信时,突然从身后冒出一个男人一把抢走了我手中的信纸,他黝黑的面孔上满是复杂的神色。

那人读完信之后并没有交还给我,而是递给了特高警。特高警给他鞠了一躬,然后推开门走了。

直至这一刻我才开始注意起这个男人来。他梳着整齐光滑的发型,身着一身粗条纹西服,虽然看起来是便宜货,但熨烫得很立整。那张黝黑的四方脸朝我扬了扬下巴,示意我坐下。然后他坐到了我的对面。

"我是警视厅的人,特意过来调查一下你的情况。"

"哦,是吗?"

他突然止住了话头,从口袋里掏出一包烟,拿出一根叼在嘴上,用火柴点燃,重重地吸了一口,而后缓慢地吐出一口长长的烟雾。他的手不住地颤抖着。那支烟上分明还没有积烟灰,他的手却啪嗒啪嗒地掸着烟头。忽地,他抬起来那双三白眼盯向了这边。

我移开视线,注意到桌脚上竟绑着好几条拷问用的布条。——突然,他飞扑过来靠得极近,朝我怒吼道:

"干什么?给我坐好了!"

我就是和正常人一样靠在椅背上坐着罢了。

"你以为这是什么地方?给我严肃点!既然到了

警署就得有个在警署的样子！"

他把刚吸过的烟头扔在了地上，伸出脚尖将其踩灭，随后拿起桌子上那根戒尺，戳了一下我撑在桌上的胳膊肘。

"你还真是大胆。我们好声好气跟你谈判，你是一句都不交代。那就给你吃点苦头！你们不是整天喊着什么'白色恐怖''白色恐怖'吗？今儿个就让你见识一下什么叫作真正的'白色恐怖'！"

啪的一声，他又抽出一把竹剑往地面狠狠地甩了一下。这把竹剑从刚才就一直挂在旁边的墙板上。

"你跟共产党是什么关系？快说！"

"哎呀，怎么这样凶，我不明白你在说什么，"我战战兢兢地回答他，"这到底是怎么一回事呀？"

"行，那我们一件件来算。"

这个凶神恶煞的男人掏出一张印有警视厅标志的纸，上面写着"赤旗""共青""资金关系"等字样。

"说吧，你是从什么时候开始读《赤旗》的？"

我跟他说自己根本没听说过这玩意儿。他生气地大声吼道：

"撒谎！"

狭小房间的窗户被这一声震得咯咯响。他边吼着,边将那张狰狞的面孔靠近过来。

"你不是在宫本那里读到的吗?"

我的心里陡然"叮"了一声,这是什么无稽之谈!

"什么?我不知道。"

"你不知道?"

"不知道。"

"你是不是把别人当傻子?"

"我真的不知道,你要我怎么说?"

"不说是吧?"

"……"

"混蛋,你给我看好咯!"

那把竹剑猛地朝我挥过来。

"怎么样?说不说?"

"……"

"你再怎么负隅顽抗都没用,我们都已经查清楚了。"

他左一下右一下地挥着那把竹剑,捉弄似的时不时拍打在我的小腿上。

"宫本已经全部坦白了。我劝你趁早承认自己是从他那里读的,再求求饶,看在你是个女人的分上,说不定就放你回去了。"

我感到了强烈的屈辱和愤慨,嘴唇被自己咬得发白。我毫不客气地问他:

"宫本现在被关在哪里?"

他果然不愿意回答,只闷闷地嘟囔了一声:

"嘴巴怎么这么紧呢?"

玻璃窗外,是四月晴空,甚至可以看见巷子里各家各户晒在外面的衣服,女子的缠腰带、孩子的红衣。春日的阳光暖暖地洒落下来,唤醒无限生机。

屋内,那个梳着油头的凶狠男人不时地拿竹剑敲一下地板。屋内屋外两种截然不同的景象,深深地烙刻在了我心里。

他按照纸上写的东西给我编造了一个又一个罪名,挥着竹剑,作势要打我的脸。

"你是咬死了不张口是吧?"

三个小时过去了,男人带来的那张纸上依旧是一片空白,我则被带回了看守所。

那天傍晚,今野用手按着疼痛的左耳,脸色苍白地从高等室回到了牢房。

"说什么了？"看守问他。

今野气呼呼地回答："那个医生什么都不懂，连医疗器械也不带，就只让我把伤处冷敷一下。"他拖着沉重的步伐走进了保护室。因为感冒发烧，扁桃体跟着发炎，又挨了巴掌，耳朵也受了伤，这两天承受的痛苦简直无法言表。濡湿的冷毛巾刚敷上去不一会儿就热了，今野已经一连几天都没什么胃口吃饭。保护室里有两个自称当过卫生员的扒手对看守说：

"这样下去铁定要恶化成中耳炎了。长官，他这可危险哩。"今野自己也一直要求去看医生。

"你们这群做坏事的，懂什么医生的工作，少管闲事。"

但是，今天今野实在疼得厉害，连连呻吟，我看不下去，硬是让他们找了个医生来。然而，医生来了之后也只是让冷敷一下。也就是说，医生来没来，都没什么区别。

半夜里，一名醉汉被拖了进来。睡在走廊角落的我感觉鼻孔被灰尘堵住，呛着气醒了过来。

醉汉刚被关进保护室，竟然抽抽搭搭地哭了起来。

"我……我不该啊。我怎么被关进这种地方……我只是个大学生啊!"

"吵死了!你这个浑蛋,赶紧闭嘴睡觉!"一个大眼睛的无赖朝他吼道。

"睡觉!我睡觉!我……实在不该啊。我……呜……呜呜……"

第二牢房的人都被吵醒了,昏暗的灯光下,在狭小空间里挤成一团的男人们赤着膀子躁动起来。

"搞什么?哭哭啼啼的。收拾他!收拾他!"

看守用黑大衣罩着头,趴在桌子上呼呼大睡,对发生的这一切浑然不觉。

牢房里接连响起拳头殴打的声音。刚安静下来,又响起人的叫喊声。

"啊!不要!"

"没人来救你。喂,喂,看这边,小子!"

"长官!长官!请开门!"

"长官,您开门吧,这家伙还要喝泡盛酒[1]呢!哈哈哈……"

---

[1] 泡盛酒,日本最早酿造的一种烈性烧酒,现为冲绳特产。

"呕!臭死了!"

醉汉吐在了某个人身上。

第二天,我一边做着早操,一边担忧着今野的病情,越发感受到在牢房里生病真是一场灾难。

十点左右,我被寒冷和睡意折磨得整个人昏昏沉沉的。一个穿着蓝色工服、晒得黝黑的男人送来了一个白白胖胖的小姑娘。

"先在这儿待着。"

"屋子外面吗?"

"嗯。"

"好了,姑娘,坐在那里,正好还有个伴儿。"

这个姑娘穿着金贵的平纹丝绸外衣,双手合拢站在那里,到了廊下后和我并肩坐在草席上,将小包放在了一旁。那丰满漂亮的小手无力地搭在膝盖上,整个人就像朵被霜打过的花儿。她的中指上戴了一只红玉指环,袖口上还绣着红白两色的花纹。

过了一会儿,我低声问她:

"你工作了吗?"

"是的。"

"公司上班?"

"我在地下铁路公司。"

"地下商店吗?"

"不是,售票员。"

"……"

听到这个回答,我不禁警觉,沉默了良久。前不久,三月二十日,大约一百名地下铁路职工占领了某条支线的四节车厢,举行了为期三天的罢工行动,引发了全国上下的关注。这一百人中就包括四十多名女售票员。罢工的原因是公司对被征兵入伍的员工以缺勤处理。新闻报纸上还刊登了当日罢工者为防止警方侵入,在铁网上贴着写有"触电死亡!"的纸条的照片,据说当时铁网上通了两百伏特的电流。他们募集了一千元的斗争基金,往车厢里运了够吃一个月的食粮。这个包括女性职工在内的自卫组织,全部由十六岁至二十五岁的青年组成,管理统一,纪律严明。他们充分利用了工作岗位的特殊性,采取的是一种在革命的科学指导下展开的新型罢工方式。这不仅在交通产业上史无前例,在日本历来的罢工行动中,也是一次极具生命力、战斗力,有计划的、科学的斗争,产生了深远影响。

信州的这场地下铁路罢工,而且还是有女性参与的勇敢斗争行动,在社会上引发了广泛的讨论。

突如其来的罢工令公司和警方都束手无策,最终是通过强制调停的手段终结了这场行动。公司方面答应即使对应征入伍的员工做缺勤处理,也会给他们发放入伍工资。此外,公司还在各个车站装配了臭氧化器,并承诺发放夜班补贴以及为值班人员修建厕所。虽然公司拒绝了针对女性员工的生理期休假要求,但同意女性员工与男性员工享受同等待遇,包括工作服(夏装两套、冬装一套)的发放等。思绪至此,那些扎着白头巾、勇敢斗争的女性运动者的样子仿佛已展现在了我的眼前。

罢工开始前,地下铁路公司的职工在品川站为应征奔赴前线的同事送行。当日,大家集体拒绝挥舞公司发放的太阳旗,还在站台上发表了反战演说,并大声合唱了五一国际劳动节的歌曲。听说,罢工的第一天,一位曾是地铁公司职工的现役士兵来到坚守阵地的罢工团员中间,表示自己要和大家一起"与资本家作斗争",但罢工委员会鼓励他将这腔热情投入军营内的斗争上去。由此,士兵与职工进行了革命性的会晤之后各自踏上了征程。

地下铁路、售票员——听到这两个词的瞬间,我感受到一股沉重的压力压在心间,脑海中顿时闪过那场斗争的各种画面。经过一次如此大张旗鼓的罢工后,敌方一定会想办法以某种形式扰乱甚至摧毁罢工组织。这个看起来怯生生的小姑娘,与敌方的摧毁行动会不会有所关联呢……

就在我沉浸在自己的思绪中无法自拔时,小姑娘突然开口了:

"警视厅的人什么时候来这边?"

我告诉她,这完全看对方的心情。我被关在看守所的这一个月里,警视厅的人大概也就来了三四回吧。小姑娘听完抬起头看了眼时钟,委屈地说:"太过分了。"

"他们明明跟我说八点钟过来,然后就让我回去的。"

听说小姑娘是早上六点提着便当,如往常一样正准备出门去公司的时候,突然出现了一个自称是警署的人把她带到这里来了。小姑娘的父亲还担心是不是坏人假冒的，一直跟着他们到了警署。

"这不是耍别人吗？"小姑娘拢起自己的袖子，闷头生气。

到了中午，也没见到警视厅的人影儿。杂役来送餐的时候，给小姑娘也留了一份羊栖菜便当。小姑娘见此，反而更加不高兴地哭了起来。

我劝她说：

"别哭了。你就吃自己带来的那份便当吧。"

小姑娘不情不愿地打开了自己的铝制饭盒，里面是干炒藕片和腌姜。她伸着筷子戳着饭菜，根本没吃几口，水也没喝。

下午的时候，之前被抓进来的那个强盗被转移到了保护室，时隔几天我终于又回到了第一牢房。小姑娘的情绪也渐渐缓和了一些。

"警察怎么净骗人！"她悄悄地跟我埋怨道，"唉，怎么办才好！大家今天早上都是在家就被抓了。刚才电话里说有二十多个人……几乎是全军覆灭了。罢工谈判期间公司答应得好好的，不会追究任何人的责任，结果这段时间一直在招纳新人。果然，他们是串通好的吧！接下来肯定要解雇我们了，真卑鄙！"

听她这么一说，我猜想大概是在公司直接抓捕那些参加过罢工的职工太过显眼，同时又担心其他的职工见此会团结起来反抗，所以就联系了各地的警署，约定好在今天早晨一齐出动去那些职员的家里抓人。

这个见到看守所的饭菜就忍不住哭出来的小姑娘，此时却识破了公司的伎俩。"一个月前就有人提醒说千万不要松懈，不然就危险了……说得真是一点儿都没错。"她认真地思考着。说完又不舒服似的调整了一下坐姿，整理了一下自己的衣服后，小声地嘟囔：

"不过，他们问我什么都没用，我本来就什么都不知道……"

她随即又向我确认似的问道：

"没参加工会就没事吧？"

小姑娘那小心翼翼的语气实在令人担忧，我跟她说：

"不管有没有参加工会，罢工的时候大家不都是因为诉求一致才团结在一起作斗争的吗？所以这种时候就不要讲谁参加了工会谁没有参加工会的话了，你说对吗?"

"确实。"

她点了点头。据说这个小姑娘是高等女子学校毕业的,罢工的时候她还被选举为谈判委员会中的一员。

我们还以为今天怕是没希望了,结果四点钟的时候,早上送她过来的那个男人又把她接走了。没多久我也被高等警察传唤了出去,经过一间前面挂着黑板看起来像是警官教室的屋子时,看到小姑娘低着头坐在里面的一把椅子上,她的父亲就在旁边。那位中年大叔穿着一身带有褶痕的大岛和服,典型的小商人模样,此刻正心神不安地面朝另一边抽着"敷岛"牌香烟。

直到我回到牢房里后,这对父女各怀心事的模样依然历历在目。我对那些警察和那封建的家庭制度更加痛恨了。

牢房里所有人正准备睡觉的时候,特高警又把我叫了出去,原来是中川过来了。他双腿交叉靠在只剩下值班警察的空荡荡的办公室最里面的门上抽烟,看着我穿着那松松垮垮的草鞋走过来。

"——大事不好了呢，"他冷笑时露出尖尖的虎牙，盯着我又继续说，"看来你得蹲个两三年了。"

我椅子都还没坐稳，一边整理着绑在座位上的坐垫（主任座位上的是双层绸布，其他普通职工则是一般的纺织布料），一边问他：

"什么意思？"

"你不是正在写吗？"

"写什么？"

"写给非法出版机构的东西。"

"我不知道你在说什么。"

"我说，"中川扬着下巴得意地笑了，"从你手里拿原稿的人都被抓到了，你还嘴硬什么。"

"现在这种世道，为了钱干什么的人都有。说不定就有人拿钱专门说那种话呢。"

中川顿时变了脸色："你这话什么意思？"

"……"

"总之，你们那些同志在任何情况下都绝对不会说出无关人士的名字。——还真不愧是同志啊。"

"不知道的东西，除了说不知道还能说什么。"

回到牢房后，像大家都会做的那样，我仔细地回想着对方说的每一句话，每一个细微的表情，据此推测着敌方的情况，同时坚定自身的意志。

今野的病情越发严重了，已经确诊了中耳炎。我在这暗无天日的、草席永远肮脏潮湿的牢房里不安地来回走动，扳着手指算日子。——以今野现在这种状态，真的能撑到二十七日吗？

夜间保护室的门口会放一盆水，有人会时不时地给病人拧一把湿毛巾。

四月二十四日傍晚时分，我再一次被带到高等警察办公室的时候，不住地央求着那位说话带有岩手地方口音的主任带今野出去看看病。

"你们不是老说家庭美满、亲子和睦之类的话吗？这个时候又怎么眼睁睁地看着一家的顶梁柱得了中耳炎却放任不管，让他就这样死在看守所呢？"

"嗯……"

主任一只手从后往上来回抚摸着自己那刺挠的平头，咬了咬嘴唇说：

"他看起来是挺痛苦呢。"

"你们再不管他就要恶化成更严重的脑膜炎了。

反正也没有什么需要拷问他的了,还要这样折磨人实在是残酷。"

"不是,医生已经在来的路上了,我们刚打了电话。"

不一会儿他又自言自语似的说:"差不多该到了。"然后便趿拉着拖鞋走出了办公室。这里只有高等主任一个人会在办公桌下放一双拖鞋,一到室内就换上。

刚回到牢房,一打开门就看到第一牢房的人全部聚在一块儿,见此情景我攥紧了拳头,心里惶恐道:难道已经不行了吗?第一牢房的大门就那样敞开着,主任、特高警、部长和看守一一伸长了脖子望着里面。从镇上请来的那位中年医生脸上和动作上无一不表示着自己"来了不该来的地方",他弯下腰从牢房里走了出来。看守小声地对站在后面的我说:

"大概是看情况挺严重,就给搬出来了。"

我点点头,叫住了那位医生:"请等一下!已经出现了脑膜炎的症状吗?"

"这个嘛……"

医生在看守所众人的全体注视下停下了脚步,有些难为情似的，同时又狡猾地不给出明确答案。

"后颈疼痛的话就有可能。"

"反正他这情况得做手术。"

大家围着这个明显想逃避责任的医生，不满地骚动起来。每个人都感觉到，今晚将会是个难关。牢房中间铺好了被褥，专门留出一块地方让今野一个人好好休息。在看守所里给出这般的待遇，不就是表示今野死期将至的证据吗？枕头附近散落着一些擦拭脓水的棉巾棉棒，两个当过卫生员的犯人一脸认真地在旁看护。

今野开始控制不住般地连连呻吟，他吃力地转动着充血严重的眼珠，痛苦地翻着眼皮，似乎在寻找着什么。我蹲在走廊里，整个人扒在铁栏上盯着今野，不敢移开半秒。过了一会儿，今野不再呻吟，他费力地睁开满是血丝的眼睛，困难地呼吸着：

"中条……我太痛苦了！"

我再也忍受不了了，推开没关锁的铁门，冲进了牢房。因为长期高烧出汗，此时看守所里那床肮脏的被褥已经散发出一种难以言说的恶臭。我紧紧地握着今野因为污垢和患病而莫名发黑的滚烫的手，抚摸着他憔悴消瘦的脸颊。

"好像……开始糊涂了。"

"头疼得厉害吗?"

"脖子……这里痛(他缓慢地伸出手摸着后颈)……全身都……"

我心里大骂了一声:"这些没人性的!"仿佛自己的全身也遭到了和今野一样的痛苦。

"今野!"

我不管不顾地将自己的脸紧紧地贴在这位忠实的、坚强的、谦逊的同志那张布满黏汗的脸上,用尽全力低声呼唤着他。

"今野!"

今野睁开那双黯淡无力的眼,看向了这边。

"还不能死!知道吗?这时候死了就太可惜了!知道吗?"

"啊……"

"坚持住……"

"啊……"今野舔了舔干裂的嘴唇,轻轻地回答了我,"知道了。"

那两个年轻人跪坐在旁边,双手放在膝上,说:

"他跟我们这些混日子的不一样，就这样死去也太可怜了。"我叮嘱他们将冷敷的毛巾移到双眼上方，尽量减少对今野头部的压力。

换作平时，这时候牢房里早就鼾声大作了，然而今晚，所有人都清醒着，却没有一个人出声。我走到廊下，头朝着窗户躺了下来。

第二天早上，警署的人和往常一样八点钟上班，拖到十点钟左右才开始琢磨是否需要把今野送往医院。主任双手插着兜走过来，云淡风轻地问了句：

"情况如何？"

我跟他说已经不能再等下去了，如果找医院麻烦的话我可以帮忙介绍。

"这个嘛……"

主任不情愿似的，低头看了一眼今野之后就出去了。没多久部长过来了，于是刚刚的情形又重复了一遍。署里的特高警也来了，说了句"麻烦啊"，张口的时候露出一颗金牙，他在那边转了两圈之后也出去了。他们就像是在等着今野的病情一步步恶化直至死亡。

下午一点钟，主任似乎才终于下定了决心：

"行吧,现在送他去医院。"

他们准备把今野送往济生会医院。特高警将紧闭双眼、意识模糊的今野夹在腋下,带出了看守所。

(后记:很久以后我们才得知,今野被送到济生会医院后是由一名实习军医给他做的治疗。这样性命攸关的手术竟然被他们交给了一个刚来的生手,手术中还需要有人在旁边指导"切这里""切那里"。后来,由于手术中纱布处理不当,多余的脓水没有从切开的刀口处排干净,病毒不断地从内部攻击今野的身体,病情进一步恶化。今野同志发觉不对劲,向医生表示自己头痛得厉害,济生会的医生却只是让他四五天后来趟医院就好,不必再进行隔日诊疗。没想到三天之后今野就患上了急性乳突炎,并发脑膜炎,这次被送往庆应医院,接受了手术。度过了整整一个月的危险期,他才总算捡回一条命。)

二

"应该能看见吧。"

"哪儿呀,看不见。"

他们在说樱花。位于警署后院的看守所是正北朝向，即使在开花时节也依然难得见到阳光，处处昏暗不堪。在那里，每天都能听到隔壁练武场的刀剑挥舞声和附近堆煤场里野狗的狂吠声。

臭虫也扰得人们不得安眠。

"一到夏天就更可怕了，去年这个地方，"看守指着存放破旧被褥的橱柜旁的柱子裂缝说，"撒了点今津杀虫药，一下子爬出来八十多条臭虫。"

花季一过，炎炎夏日便开始临近了，白天变得越来越长。从第一牢房被铁网封住的窗口抬头望去，可以看到一隅被切割成三角形的蔚蓝天空，有时还会有一束不知被谁家涂了黄色油漆的铁皮墙板反射进来的阳光。漫长的午后，一片死寂的看守所里到处都是反人类的怠惰和污脏。外面电车的鸣笛声穿过空旷干燥的街道，如海浪一般传了进来。

看守们都在睡午觉。牢房里男人们把衬衣和汗衫铺开在自己的腿上，仔细地抓着虱子，时不时再挠一下身上发痒的地方。

我的皮肤也脏得失去了光泽，搓一搓手臂会掉下很多白色的皮屑，身上也生了虱子。我终于体会到了被虱子叮咬时的那种奇痒。有时感到身上一疼，拉开衣服就看到那红蜘蛛般的小虱子——竟足足抓了十五只，这就是我目前的生活状态。

有天下午两点钟，一架飞机飞到了这边。由于是低空飞行，螺旋桨的轰鸣声十分震耳，剧烈搅动着这一带的空气，而那架飞机却是那样悠然自得。

我出神地抬起头，倾听那象征着现代文明的飞机的轰鸣声。晴朗的天气里，看守所入口的玻璃门上清晰地映出了对面油漆店招牌上的两个大字——"相川"。飞机依然在附近盘旋，只闻其声不见其影，倒是一种特别的体验。看守所里阴寒之气四溢，铁栏锁起的牢房里，男人们光着上身坐在牢房中间的木板上，满是污垢的皮肤上被拷打的伤口随意裸露着，在巨大的飞机轰鸣声中，他们专心地抓着虱子。

即使是帝国主义文明的野蛮、虚伪和压迫，也从未给过我如此鲜明的感受。我在心里不由自主地喊出：印度！这里是印度！只有在印度，才会出现飞机在赤裸、野蛮的人类头顶飞行这样可笑的画面。难道在失去人权的人民头上耀武扬威的，只有飞机吗？对革命的工人、农民、朝鲜人，这些"飞机"究竟干了什么？

那在空中忽高忽低肆意飞行着的东西，不属于我们。

我想到在莫斯科五一劳动节那天的情景，那首歌瞬间让我心潮澎湃起来：

> 起来，饥寒交迫的奴隶，
> 起来，全世界受苦的人！

这，是历史的嚣鸣。我站在脏臭牢房的中间，闭眼倾听飞机的轰鸣声直至消失。

不足三席大的牢房里，六个女人坐在一起。卖淫的，堕胎的，三个上了年纪、用发簪的尖头搔痒的、喋喋不休的老鸨，还有我。然后，又来了个疯女人。那双跌跌撞撞走过许多地方的赤脚上满是脏污，却从不清洗。她在衣服最外面套了件背孩子的外褂，头发剪得短短的，衣摆上全是污垢，浑身散发出一股令人作呕的恶臭。她站在平日发放便当的入口处，说什么也不肯坐下来，喉咙里一直发出奇怪的声响。

这个时候几乎每个牢房的人都躺下来了，但又还没有睡意。初夏的夜晚,频繁传来街上行人的木屐声和在外面玩闹的孩子们的嬉笑声,有时还会断断续续地听到广播声。

我把叠好的衣服和草纸放在一起充当枕头,双脚用力地蹬了一下,伸展着身子仰面躺下了。耳朵里听着街上传来的声音,眼睛看着头顶忽闪忽闪的灯泡。

灯泡挂在面对着走廊的那扇铁栏上,上面还模糊地写着"驹入警察署"这五个小字。

此时,我不断听到各个牢房里人们翻身、打哈欠等入睡前的动静。在这块阳光照不到的狭小地板上坐了几十天,如今能够展开四肢躺下来已经很满足了。

突然间,响起一阵太鼓声,传入我饱受臭虫折磨的耳朵里。咚咚,咚,咚咚,咚……声音越来越近,是基督徒在传教。鼓声急促起来,伴随着歌声:

> 凡信仰之人
> 皆得主拯救

歌声骤然停止。

"各位!"

似乎是有人进行了一场简短的演说。不一会儿,随着再次响起的"咚咚咚"的太鼓声,歌声穿破夜空:

凡信仰之人

一群孩子跟着传教士,在太鼓的和鸣中,起哄似的大声跟唱着那不明含义的歌词:

皆得主拯救

他们是在经过看守所的时候故意停留并敲了一阵太鼓,随后便离开了,最后似乎又听到传教士的那声:

"各位!"

"搞什么,烦死了!"

那个女招待猛地翻一下身,嘴里嘟囔了一句。原来,不止我一个人被声音吵得焦躁不已。

如果有机会出去,我一定要把在看守所的经历写下来。这个想法越来越强烈了。

在看守所待个五十天、一百天,又算得了什么呢。那些革命的工人、农民在各种非人道的条件下不屈不挠地进行斗争,正是靠着超人的意志力。正如小林同志在《单人监狱》中写的那样:无产阶级,无论身处何地都永远不会失去信心和乐观情绪。

然而,如今不仅是这些在前线奋斗的革命者们,就连普通的工人、农民、上班族和学生,都遭受着随时被关进监狱、被威胁、被殴打,甚至被杀害的危险,只是提出涨薪和改善待遇的要求,就会被警察抓走。学生和职工们因为渴求知识而加入了合理正当的小组或读书会,却被迫面临二十九天乃至更久的监禁。

在看守所待的时间越久,我就越发地切身感受到如今的当权者有多么专横,人民有多么无力和痛苦。

并不是因为我是第一次被关进看守所,或者在外面的生活水平有多好,才会对此深恶痛绝、无法忍受。

看着看守人员的面庞,我想起自己在苏联的革命博物馆里看到的情景。馆内除了各种革命文献之外,还陈列出了帝政时代关押政治犯的牢房模型、拷打用的刑具和当时使用的手铐足铐等。模型中的革命家人偶穿着褐色粗布狱衣，一面应对野兽般的镇压，一面还在坚持阅读。

从工厂和集体农场过来的工人农民参观团在一起热烈地讨论着、欢笑着，他们每个人提着一个四角方包，手上还拿着笔记本，在博物馆里悠然地参观着。然而，当他们来到此处时，却不约而同地沉默了，表情也变得严肃。慢慢地，所有人聚在一起，长久地将目光投在了面前烛光映照下的牢房模型上。

他们紧紧地站在一起，肩膀挨着肩膀，使人感到一种强烈的压力和执着的斗争精神，也感受到他们绝不会将通过斗争得到的权利再次归还给沙皇的决心。一片寂静中，他们在物品存放处领回自己的东西后，再度回到自己工作的地方去了。

如果日本的这座看守所将来也有机会在革命博物馆展出的话，当那些脖子上系着红领巾的少年先锋队的孩子们看到如此肮脏、野蛮的场景，又该有多么震撼！

我想，为了那一天，我一定要将这一切记录下来。

临近五一劳动节的某一天,我被传唤到了高等警察办公室。一进入室内就看到许久没有生过火的锈迹斑斑的铁火盆里,杂乱地堆放着被撕碎的书籍。

主任一边整理着裤边,一边问我:

"你怎么看?"

他用眼神示意我看那一堆撕碎的书,点燃了一根"朝日"牌香烟。

我弯下腰捡起一部分翻看了起来,原来是本《唯物史观》。

"是你撕的吗?"

"不。刚才回去的那个年轻人撕的,他发誓说以后再也不读这些东西了。"

"哦。"

沉默了一会儿,主任努了努嘴边肌肉,再次开口了:

"和你们预料的不太一样吧?"

我抿嘴笑了笑,没说话。这个主任总是像这样,用他那自以为是的心理战术,加上一些警方的暗示同我周旋。

抬头就能望见窗外远处消防署的瞭望塔。轻巧洁白的高塔耸立在苍绿的树梢与群楼之间，风格独树一帜。站在这个窗口，低头就能瞧见两边都种着银杏树的人行道。不知为何，自从刚才五个人通过之后，就再也无人经过，甚至连旁边的道路上都没有一辆车。正当我纳闷儿的时候，突然出现了一个身穿藏青色外衣、斜戴呢帽的魁梧男子。紧接着一辆汽车停在了他的跟前，男子大步走过去，低头弯腰坐进了那辆车。很快汽车就开走了。悄无声息，几乎是一瞬间的事。而目睹这一切的我却暗自激动，屏住了呼吸。男子上车的那一瞬间，我仿佛看到了宫本出现在我眼前。

喉结凸出的部长进来了，他拉开桌子抽屉，拿出一包健胃散冲开喝掉之后，突然谈论起战争来。

"反正那些失业者也救济不完，还不如都赶到战场上去，为国牺牲一了百了，"他以一种极其冷静而凉薄的语气说，"这个社会只需要中流的人存在就够了。"

"中流的人，是什么样的人？"

"就是我们这个阶级的人！"

我面前的桌子上放着一个合订本，封面的卡纸上写着"关于应对五一活动的局长会议"。主任注意到我的目光落在了那个上面，吐出一口烟，眯着眼睛从中间抽出一张传单,问我:"看过了吗?"

那是一张署名为"共青指挥部"的传单,上面赫然用红色的大字写着"红色五一,行动起来!"

"这种东西这么快就落到我们手中了,你说奇不奇怪?"

他缩着粗短的脖子,狡狯地笑着。

"这口号能进行到什么地步,我们拭目以待咯。"

回看守所的途中,我穿过了那间教习室,里面的黑板上写着:

> 取缔不法朝鲜人
> 与宪兵队相协作

五月一日终于来临了,警署的气氛骤然变得紧张戒备起来。庭院和练武场里聚集了远超正常值班人数的巡警,每个人都戴着用带子紧紧系在下颚的钢头盔,小腿上缠着裹布,走动间佩剑发出铮鸣。

高等警察办公室里只剩下主任和值班人员,警署入口处停着两辆大卡车,两名普通的驾驶员正在座位上午睡。

电话铃声不断响起。

"是,是。今天早上在共同印刷厂抓获了三十名明治大学的学生和朝鲜工人……报告完毕。明白,明白。"

或是:

"这边没有发现异常。什么?暂时未收到消息。"

警视厅正在从全市的警察那里收集情报。

刚在上野驱散一支示威游行队伍,从早上一直晴朗的天空就突然变了模样,好像要下起雨来。

"快下雨了。"

"要下就赶紧下吧。"

警察们纷纷来到窗口观察天色,转瞬间乌云就布满了天空。狂风肆意地吹翻着树叶,昏暗的天空下,那座白色的消防瞭望塔变得更加鲜明,塔顶的玻璃反射着暗淡的光。啪嗒、啪嗒,豆大的雨点终于落了下来,我心里莫名一震。

暴雨冲刷着路面,在屋顶飞溅。

"呼,得救了!"

"太好了,老天都在帮我们!"

"下这么大的雨他们总不能再出来游行了吧。"

这些警察战战兢兢，担心方才在上野山上驱散的游行队伍会分成数个小队，在不同的地方继续示威游行。

一开始我并不清楚自己为什么会被传唤到高等警察办公室，也许他们是打算向我展示日本发达的警察系统以达到威慑的作用，而如今，却万万没想到让我亲眼目睹了他们此等慌张、狼狈的模样。

针对这次"五一"，当局似乎神经过于紧张，不仅安排了看守人员连续值班四十八小时，还计划将全体警察分成两队，每隔一个小时轮流去卡车上待命。不过这样似乎又过于夸张，于是目前还是只准备了卡车。旁观的看守人员已经疲惫不堪，脸色苍白，双眼浮肿，其中一人说道：

"在车上待命也不是不行，但是轮换的时候不都得下来吗？要是那个时候出了事怎么办？"

听到这句话，整个牢房里的人都笑了出来，简直是哄堂大笑。

警视厅检阅处的清水留着平头，他没有穿外套，只在白色衬衫外面套了一件背心，以一副旧式陆军大尉的做派端坐在桌子右侧。我坐在靠近门口的那一侧。主任离得稍微远一些，交叉双臂坐在可以任意观察我们的位置上。

"你参加了编辑会议吧？说说出席的还有哪些人。"

日本无产阶级文化联盟曾在二月选举时发行过一期《大众之友》号外，揭露了资产阶级选举的内幕，鼓励人们支持自己本阶级的候选人并告知了进行选举斗争的方法。那份号外如今就摆放在面前的桌子上，上面甚至有我署名介绍苏联妇女参加选举活动的文章。清水反复向我询问日本无产阶级美术家同盟中有谁参加了那次会议，但我已经不记得了。

"柳濑应该参加了吧。"

"我根本不认识美术家同盟里的人。"

清水弯起粗糙的手指敲着桌上展开的号外，跟我说：

"不是，这事儿我们都知道了。"

接着他又若无其事地问我：

"你见到是枝操了吗？"

"是文化团体的人吗？"

"那倒不是，她是是枝恭二的妻子。"

"我不认识。"

"嗯。"

他突然话题一转,问我:

"你在文章中写的'这是世界上第一份符合人权的宪法'和'选出勤劳大众的代表和社会主义社会建设的战士',是什么意思?"

"哪里?让我看一下。"我认真地读起他说的那部分来。

"不是已经写得很清楚了吗?——在苏联人们就是这个样子的。"

"那你认为日本的工人要怎么做呢?"

"这篇文章里没有提到。"

我想,这一点正是此篇文章作为启蒙读物的欠缺之处。

"所以,你根本没有必要为这种地方写文章!!"

"……"

"哎?你看看自己的小说。这段时间我可一直在读夏目漱石和你的作品,我十分欣赏你的文采。但我想不明白既然你有如此高的智识,为何要为那种地方写文章。嗯?你说对不对?"

这种话我并非头一次听到。中川也这么说,驹入警察署的主任也这么说,甚至一位资产阶级评论家曾经也发表过同样的看法。尖锐的问答间,主任给清水倒茶,清水那张四方脸微微抽搐着跟主任说:"哎呀,感谢……哎呀,太不好意思了。"

关于号外的话题持续了将近一个小时。这次清水从桌上的一堆书中拿起一本《劳动妇女》,然后挽了挽两边的袖子。

"这一本也是你负责编辑的吧?"

"正是。"

"我们也不跟你说没用的了,你得为这个负责,知道吧?"

"只要合理,我会负起该负的责任,"我回答,"但是,我拒绝。因为您的意见,恕我无法赞同。"

"行,明白了。"

他又问我编辑部的成员有哪些,以及与书记局的关系等。

"是这样的,本来我们觉得你们这个东西成不了大气候所以放着没理,确实没想到你们竟然做到今天这种高度。既然到了这个高度,我们是不可能继续坐视不管的,你明白吧?"

四月号的时评和投稿版面上,被画了许多红线。四月的时评是以"战争与我们的生计"为中心,介绍了自从一九三一年侵略中国东北战争开始以来的"死伤者人数"和"军费",中国的苏维埃组织,以及苏联的第二个五年计划。

"从上个月开始,基本上跟男人读的杂志没什么不同了。"他哗啦哗啦地翻着。

主任见状,伸出了手,"让我看看……"他专看《劳动妇女》四月号上那些画红线的地方,然后像是嘴里发酸似的咂着嘴。

"……"

穿着拖鞋的主任一下子站直了,把杂志还了回去。虽然清水说是放任不管,但其实《劳动妇女》自一月创刊号以来,就被勒令禁止发行。三月八日本无产阶级文化联盟在参加为纪念"三一五"而举办的泛太平洋无产阶级文化交流周的活动之一"劳动妇女之夜"时,活动开场不到一分钟就被强制取消了。那次我刚开始说"今天来到这里的有很多年轻人,老阿姨……"话还没说完就被打断了。我们的节目和演讲活动都是拿到许可的，之前也已经开办过多次，而这一次却以"妨碍公共秩序"为理由被强制停止了。

如今地方上连想订阅一份《劳动妇女》都会屡屡遭到阻拦。

"是谁在指导你们？"

清水点燃了一支烟，开始问我。

"没有谁指导，大家都是普通的参会者罢了。"

"但是，在无人指导的情况下是不可能达到这样的高度的。——比如你看看这个。"

清水指着特别投稿栏目上铃木桂子那篇标题为《劳动妇女如何看待此次战争？》的文章。

"嗯？这一眼就能看出来不是普通平民百姓写出来的文章。是谁？"

"上面不是写着名字吗？铃木桂子。"

"这个叫铃木的是何许人也？"

"不清楚。是接到的投稿……"

我接着说："请思考一下吧。你们认为女性不可能写出如此高水平的文章，可是如今的社会上女性承担的工作并不比男性轻松，而工资却只有男性的一半。女性受到的压榨太严重了。如此这般还不坚强起来的话，女性究竟要怎么存活于世呢？你们这些人，自我满足生活稳定的时候就只会要求自己的妻子温婉可人大事不言，而一旦自己出了状况失去经济来源的时候，警察厅难道会白白养着你们五年十年的吗？不还是得靠自己的妻子出去挣钱。到那时候你们就会埋怨为什么工作时间那么长工资却那么低了，也绝不会再呵斥自己的妻子不够温柔贤惠了吧。"

"嗯，但是，话是这么说……"

说着又让我看同一处一篇来自名为"爱子"的读者的投稿中的"一切为了〇〇〇[1]"，他指着最后的那三个字符。

"……"

"看到了吗？不是一个地方，这里也有，那里也是……这怎么说？"

一位署名为"敏子"的文章里鲜明地表达反对战争，赫然写着"〇〇〇在屠杀自己的国民"的语句。我读了又读，认为这篇文章并无可咎之处。

"但是……"

---

[1] 原文作"〔三字伏字〕"，表示有三个字因避讳而不录，后文同。

清水突然凑过来，说："文章本身也许没问题，但是联系前后关系就不行了。……总之，就不能涉及战争相关。"

"那就奇怪了，"我说，"您看看《KING》，看看《妇女俱乐部》。就连儿童剧场都在演出与战争相关的剧目。"

"别……别开玩笑，"清水不自然地笑起来，"也不是说完全不能涉及……要看涉及的方式。"

"但是，战争并没有缓解现状，反而使经济更加恶化了，这是大家都了解的事实。慢慢地也会逐渐意识到这场战争并非为了人民而发动，你想要干预大家的想法那是不可能的。先决问题在于现实如何，而不在于人民嘴里怎么说。"

清水拿出手帕擦了擦半抽搐的方脸，然后塞进裤兜，压低了声音说道：

"纵然是这样，但这个世上总有不得把全部的现实都展现于人前的事吧？嗯？比如说夫妻关系，谁都清楚事实是怎样，但也绝不会跟谁都说，对吧？有些事实说出来是不合适的。我说的就是这个意思。"

"对谁不合适？"

"……"

清水突然换了一种口吻,"你听过这首诗吗?"他抬起毛栗头,闭上眼睛,声情并茂地吟出一首汉诗来。诗的意思大概是古时候的孝子因为敬畏父母,甚至都不敢说出父母的名讳。

"明白了吗?嗯?你好好听听。"

说着他又吟了一遍。

"就是这种心情。——明白吗?"

不管是对于侵华战争和随即而来的残酷的掠夺,还是对于战争的命令者〇〇[1],人民都只能不看、不听、不说,只能作为奴隶被不断地压榨,直至死亡。这对于任何理性尚存的人都是无法接受的。每思及此,我都感到冲天的愤怒和憎恨在我体内嘎吱作响,就像冬天里踏在冻结的雪地上一样。

这场审讯始于上午十一点之前,现在已经是傍晚的六点钟了。满腔的愤怒使我更加坚定,挺直了腰板同他们据理力争。这次他们又问我对日本共产党的看法。

---

[1] 原文作"〔二字伏字〕",表示有两个字因避讳而不录。

我说日本共产党终究也只是一个政党。判定其合法与否，是由所在国家的状态决定，而与共产党本身的性质无关。不知是谁的审讯书上写着"日本共产党是非法的秘密结社等等"，清水要求我照着陈述一遍，并且逼我承认《劳动妇女》是共产党的宣传工具这一谣言。他拿起那个合订本给我看，说："看看吧，《大众之友》上就是这么说的。"

"如果已经有人这么说，那我更无法苟同了。《劳动妇女》上的投稿或是其他的文章，在你们看来与共产党的主张一致，那么正说明共产党是真正想人民所想，是真正为人民办事。这一切原本就不是共产党无中生有的，而是来源于民众的实际生活中产生的需求。"

直到时针走过九点钟，这场审讯才终于宣告结束。据说我作为责任编辑，触犯了"冒渎天威"的条款。经过这么长时间的审讯我早已饥肠辘辘，当我狼吞虎咽地吃着便当的时候，对面的清水却只是点燃了一支烟。他说起自己虽然要求妻子绝对服从，但她只要身体稍微不舒服自己就会带着她去看医生。他的表情逐渐变了，四方脸上的肌肉不再抽搐，红晕也消退了，代之以一副苍白、冷漠的表情。双肩也塌了下来。老式灯泡的黄色灯光照在他的脸上。我喝了一口冷茶，继续吃着自己的便当。

五一节过后，他们对我审讯的焦点突然变了。不再问我关于"克普"的问题，而是开始说我为党的活动提供过资金。这根本是无稽之谈。

中川说："可是，从你那里拿到资金的人已经全部招了，你一个人嘴硬也没用。"

还说我在看守所里待的时间已经够长了，身体也逐渐虚弱起来，把该交代的交代了早点到市谷去，总比留在这肮脏的看守所里好得多。这的确是事实，尽管我平日里已经十分注意睡眠和身体情况，但近来膝盖处的疼痛已经让我连上下楼都变得困难。

十二日，看守跟我说"又是你的同伙被抓了"，我预感到应该是出了事，心里不安起来。接着我就在特高警察室的报纸上看到了十一日作家同盟第五次大会被解散的新闻。

"这不就是把整个同盟会都搬到看守所来了吗？哈哈哈！"

主任难得开怀地大笑起来。我将那份满是折痕的报纸拿到手里,反复地确认着几句话。我的同志川口浩、德永、桥本、贵司等人都被抓捕了,看着这一个个名字,我仿佛感受到他们就在我身边战斗。

但大会得以成功召开,对我已经是极大的鼓舞。我想,那份由我撰写却未完成的妇女委员会的报告书,如今看来应该是交给了其他的同志去收尾。想到这里,我感受到一种无法抑制的狂喜。我被关押在看守所的这段时间,外面的大家紧紧地团结在一起,继续不断地斗争。而自己的部署,也正在某处生根发芽。只要坚持贯彻主张,任务终会达成,我对这一点深信不疑。

五月十五日傍晚,我听到三四次似乎是一群人在看守所里面来回上下楼的不太寻常的脚步声。但此后什么都没发生。

第二天早晨,那个因为吃霸王餐而被判处二十天刑拘的长头发杂役在从铁窗里给我送饭时突然跟我说:"犬养被杀了。"

犬养被杀了……犬养是首相。他在哪里被杀的?什么时候被杀的?我直觉这应该是反动团体干的。趁杂役还在给我倒味噌汤,我问他:

"在哪里?"

"官邸……说是军人干的。"

"嗯。"

听到犬养被杀的消息后,我感到当前形势变得更加严峻、昏暗和尖锐了。思绪翻涌间,我想到了在监狱、在看守所斗争的同志们,又想到了无数不知名的为革命献身的工人和农民们。

十六日,看守所的看守人员没有进行交班,不知道是不是为了避免我们搭话,他们整日趴在小桌子上睡觉。

几天后,我又一次来到特高警察室。一看到我,主任就问:

"怎么样?"他露出因为长期吸烟而被熏黄的牙齿,朝我阴笑着。

"听说了吧?"

"是说犬养被杀的事吗?"

"听说,是在'开枪!'的一声令下被干掉了……"他意味深长地威胁似的跟我说。

"世事真是难料啊!你也要当心喽,一直就这样坐着,说不定哪天也像这样突然就被咔嚓了。嘿嘿。"

我让他给我看看报纸，他故意将写有军人恐怖主义团体闯入首相府邸并击杀首相的那一张递给了我。然后在我耳边不厌其烦地说：

"算是我多管闲事给你一个忠告，也该是你为自己的前途好好考虑一下的时候了。照这个形势下去，走向肯定是不容乐观的。如果决定要做，就做好牺牲的准备。"

他说这话的时候，特别压低了声线，拉长了语调。

我还看到了军人恐怖主义团体散发的传单，那是一种极其空虚和亢奋的文体，跟乡下的中学生写出来的东西没什么两样。上面写满了各种口号——"打倒资本家财阀！""实行生产国家管理！""创建没有阶级的新日本"等，试图激起民众的武装斗争。

然而，空有口号，却无法付诸行动。比如说生产由国家管理，什么样的国家能够真正管理生产呢？再比如说无阶级的新日本，靠杀了犬养，展示军队的威力，不但无法消灭日本的阶级，还彻底暴露出法西斯主义那令人难以置信的不科学性。

"……还达不到法西斯理论那个地步吧……不过，

跟赤松倒是有点关系,他似乎在里面扮演了一个相当出人意料的角色呢。"

听到了最近分裂出去组建了国家社会党的赤松的名字,我感兴趣地问道:

"这次事件他也参与了吗?"

"那个嘛,我就不太清楚了。总同盟里得有个五万人吧,"他一口接着一口吐出烟雾,"如果五万人同时出动的话,当局是不可能坐视不管的。"

主任说到这里就停下了,他将烟草夹在指尖,状似随意地抱着双臂侧眼看着我。

"……"

对视间,我终于读懂了他暗示的话语里具体的含义及其重要性。

沉默了一小会儿,我艰难地开口了。

"但是,那终究是昙花一现。历史是不会停止脚步的,在帝政时代的苏联,萨巴托夫[1]也干过同样的事情。可最后苏联的工人们还是战胜了他,并建立起了苏维埃。"

---

[1] 原文作"サバトフ",具体指代对象不详。

"嗯……"

与主任的寥寥几句话语中,我大致得到了以下信息:赤松接到军部命令,在一个同盟聚集的日子里,煽起了暴动,具体做法是挑动总同盟内部的反革命工人大肆破坏公共设施。随后散布共产党暴动的谣言,当局以镇压之名出动军队,在巷战中虐杀了一众革命工人和先锋战士,并借机颁布了戒严令。这是一场彻头彻尾的阴谋,卑鄙的赤松在其中最大化地利用了总同盟的工人。

回到看守所后,我不停在牢房内踱步,陷入了极其复杂的思考中,乃至忘记了时间的流逝。

我深切感受到,《劳动妇女》等一系列刊物,此时必须承担起揭发统治阶级的阴谋和打乱赤松之流的卑鄙计划的宣传任务。

梅雨季前夕,雨水更甚了。中川几乎每十天就会来审讯我一次,有时候他还会穿一双长筒塑胶靴。每一次,都是同样的资金提供问题。

"你这个女人,怎么就学不会见机行事、从善如流呢?再这样下去你在审判官那里是吃不了好果子的,到时候可别怪我没告诉过你。"

即使要见机行事,也不能信口雌黄啊。

他让我坐了下来,随后吩咐特高警拨通了一个电话。

"不好意思,麻烦帮我接通田无的电话。"

"喂,你好,我是中川啊。明天早上能帮我把细田民树抓到这里来吗?对,是的。姓细田的有两个人,记得抓叫民树的那个。顺便搜查一下他的家。那么,拜托了,"他特意当着我的面下达了这个命令,"这也是顺藤摸瓜的一种。"

然后他嘲弄似的说了一句:"总之,你就好好看着吧。"

他从口袋里掏出一个装有仁丹的小盒子,拿出一粒嚼了起来。

"依据资产阶级的法律,只要有我们这边的认定,就随时可以将你送进监狱。也就是说你本人承不承认并不重要。"

"既然你这么说,我也没有办法。"我告诉他。

"我只按照事实说话,如果这样不管用的话,我也没有其他的办法,只好等着你们将那个胡说八道的人抓来和我当面对质了。"

不仅是这样的威胁,警察们在抓人时也是完全不按照规定行事。一般来说,确定抓捕某个人时,是允许那个人通知其家属的。然而,据我观察,这里的人几乎都是被抓进来以后,看守们才问一句:"有没有要通知的人?"或者直接在材料上写"无通知人"。不熟悉法律的人,基本上不知道如何使用自己的权利,只能任其摆布。就像当下这种情况,对方跟我说只要他们自己认定我有罪就可以直接把我送进监狱,我根据常识就知道根本不合理,但我也只能朝他们吼一句罢了。

"甚至,连文化团体中那些看似聪明的人也不明白这一点。佐野学[1]更离谱,宣称什么必须有更多的人被抓,日本的共产党才能变得更强大。"

这些大众化的常识,被别有用心的人完全歪曲化了。

那场审讯的最后,中川笑着对我说了一句非常无情的话:

"仔细想想吧,你一个人在这里苦苦坚持,外面

---

[1] 佐野学(1892—1963),日本共产党早期领导人之一,早年参与创建新人会,并参加工人运动。

的同志知道吗？——白费劲啊。"

那段时间，牢里进来了一个有过五次前科的女犯人，我向她打听了栃木监狱和市谷监狱里面的情况。在进栃木之前，她还在市谷那边当过杂役，正好见过丹野等一众女同志。

据说过去在市谷监狱，那些已经被判决的女囚犯被逼着在碱水里面洗澡，后面又变成了用洗衣肥皂。丹野等同志进去后，厉声质问他们人怎么能用洗衣肥皂洗澡呢，并把使用过的肥皂留在了澡堂里，要求看守所的人也去试试。有了这一出，市谷监狱才换成了如今的花王肥皂。

"那些人，可真是厉害呀！"女犯人自豪地跟我讲述她亲眼目睹的这件事，"要是有更多像她们这样的人关进来，我们的日子或许会变得好过很多呢。女监管欺负我们的时候她们是绝不会袖手旁观的，大胆地提出意见，不管对面是多大的官也毫不畏惧，搞得最后反而是女监管们变得战战兢兢了。"

有一次女监管无缘无故地开始殴打一名女囚犯，被单独关押着的那些进步女同志们立刻团结起来发出抗议，弄出了很大的动静，直到男性看守人员赶过来才稳住了局面。

"哈哈哈，当时啊，有一个女监管都慌得晕过去了。"

经过数次的监狱生活，这个女犯人的身体已经彻底垮了，完全看不出她才二十八岁。瘦骨嶙峋的肩上披着一件极不相称的白色绸衣，她用力地摩擦着自己的手背：

"老实说，进了那种地方不赤化才怪咧。根本不把我们当人看嘛，实在太过分了。"

女监管将自己晾晒衣服的竹竿同囚犯们使用的那根严格区分开来了。有时会有犯人没注意将自己的衣服晾到了监管的竹竿上，女监管会立即一把将其扯下来，并大骂道："喂！喂！谁呀？脏死了，谁让你们挂到这儿来的？"还会让犯人用肥皂水刷洗那根竹竿直至她们满意为止。

"不仅如此，那些女监管还净干一些见不得人的勾当，比如肆意地克扣犯人的咸菜等食物。实在是太恶心了。"

由于监狱里的饭菜糖分不足，大家都喜欢吃一种蒸煮的豆子。每逢吃豆子的日子，女监管在给各个牢房发放时，会从每个人的碗中拿走一点，放到自己的碗中，在休息时间充当茶点。咸菜也是，本来每个人能分到四片，她们会拿走一片，只给每人三片。"这样的事情可太多了……所以，当女监管让我们在休息时监视共产党私下都在哪个牢房聊天的时候，谁都不把她们的话放在心上。反而是向监管献诚的人会遭到大家的排挤。"

正当我们小声说话的时候，那个曾对岨施加过暴力的海军出身的红脸看守，不知何时压低脚步走了过来，他用上半身贴在铁栏上窥视着里面，大喝了一声：

"说什么呢？"

"……"

"不许聊天！"

"……"

就是这个看守，屡次三番制止我唱歌。即使是很小声、根本没想过会被听见的哼唱，这个看守也总是能听到，然后立即过来高高在上地朝我低吼一声"喂！"

他正准备离开的时候,第二牢房里有个人突然说了一句:"喂,能不能不要这样……太卑鄙了!"那声音里满是被强行压制的焦躁。这个看守抽出一根香烟,隔着那手指都无法伸出来的铁栏,故意在烟瘾犯了的犯人面前摆弄,就像马上要给犯人吸似的,跟逗猴儿一样逗弄着那个犯人。因此,他总收着一个古旧的镍制小盒,里面放着两根皱皱巴巴的烟,随时用来逗弄犯人。

"喊!惹人厌的家伙!"

一个五十岁左右的老婆婆咂舌道。她是因为和小偷勾结将赃物送到当铺才被抓进来的。

"这个世界上没有哪个地方的男人比这里的更讨厌了。"侧身坐着的一个年轻女招待一边整理着伊达窄腰带[1],一边叹息着。

"那些警察在这里总是一副高高在上的样子,一到店里的时候就更难搞了,死乞白赖纠缠不休的。稍微冷淡一点,他们就生气,稍微服务周到一点呢,他

---

1 原文作"伊達卷",日本传统丝带的一种,其末端被改良成可以系在一起的细带,系在腰带上可防止衣服变形。

们就说你卖弄色情——还经常赖账嘞。"

抓到这里来的大部分是女招待,剩下的八成是拉皮条的、卖淫的、堕胎的,充分反映了资本主义社会里女性特殊的不幸。

又一次被传唤了。我正准备像以前一样去二楼,在经过楼梯口的时候,前面带路的主任突然停了下来:

"你母亲来探视你了……"他一边摸着自己的脑袋,一边转过身对我说,"要见她吗?"我整个人瞬间被混杂着厌烦和期待的感情吞噬了。

"见一面吧。"

穿过混凝土地面的走廊,我们进入了警署的主楼。数个穿着制服的警察正在处理市民事务,旁边就是署长室。

一打开门,就看到我母亲坐在署长的那张大办公桌旁。听到开门的声音,她也立即转过头来,直到我坐下她的目光都没有移开过。不过,她始终坐在椅子上没有动。

"你怎么样?百合啊……真的是……"

主任轻手轻脚地走到角落处，一声不吭地看着这边。署长坐在桌子另一侧，两只手插在口袋里，靠坐在转椅上。

"怎么样了。"

"噢……您身体如何？"

我像是没有任何阻碍似的跟母亲开口了，即使在当下这种情况下与她见面于我而言实在是一种沉重的负担。我与母亲已分别十几年，如今在警察署再一次相见，依然消弭不了那种长期分离造成的对立感。

"多少年我都是这样过来了，"母亲目不转睛地望着我，"真的是，这样一来也不知道我们俩之间是谁过得更辛苦了，虽然每次见面你都是这样平静地笑着……"

"我也没什么理由哭呀。"

我重重地、大声地笑了起来，接着便将话题转向自己并不感兴趣的家里的宠物狗、小妹的功课上去。为了避免母亲因为过多地为我担忧而生出不必要的事端，我对自己在看守所里的经历只字未提。

这期间，我不时地将目光投向抱着母亲的手提包坐在一旁的小妹身上。谈话间歇，小妹盯着我突然说了一句:"你瘦了。"她那生着可爱的绒毛的嘴角泛起一抹生硬的微笑。

"是吗?"我捏着她的小脸蛋,多么希望能够将自己此时此刻的心情就这样传达给对方。

"怎么样?大家还是和从前一样吗?——这段时间一直有人要我说一些我根本不知情的事,太糟糕了。"

"是吗?"

小妹睁大了眼睛,吃惊地看着我。我连忙追问道:

"怎么说?有什么不一样的地方要告诉我吗?"

小妹虽然一脸神色复杂,但许是从未经历过这样的场面,一时竟说不出话来。母亲则是神经质地不停踮着脚尖,像是在寻找着情绪的发泄口似的——她们确实是为我担忧,但是她们始终无法坚定地站到我这一边,也无法抓住眼前这难得的机会镇定地与我配合,所以此刻才会如此手足无措。

以母亲的性格,果然是再也无法继续跟我谈论小狗的话题了。她变得越发焦躁起来,终于还是向我说出了那件事。

"只要你让我知道那是正确的事情,就算是当你的垫脚石我也心甘情愿。我这条命,反正也活不到一百岁,没什么留恋的。但,有一点我始终也弄不明白——你对国家体制,究竟是怎么想的呢?"

此时,坐在转椅上的署长稍微动了动身体,角落处的主任也抚拭着他那斑白的胡须。

"……真是没变呢!"眼前的场面令我憎恶得几乎颤抖起来,我尽力压抑着,只苦笑着说,"在这种地方谈论这种事情,对我们双方都没什么好处,今天就到这里吧。"

母亲有些不服似的,虽然没充分理解我话里的意思,但也直觉到再僵持下去或许不太好,所以还是闭嘴了。不过,很快又从另一个话头上引回了同一个问题。

我的父母的日常生活与普通的劳动阶级并不相同。母亲从年轻时就对文学抱有强烈兴趣,又因天生性格热情开放,家庭条件优越,所以素来很有主见,一直过着自己想要的生活,从某种程度上甚至可以说是远离社会现实。弘道会[1]在今天已经彻底变成了一

---

[1] 日本国粹主义者组织,由宫本百合子的外祖父西村茂树创办。

个反动组织,但由于那是她的父亲一手创办的,所以她一直没有断掉与那些人的交往。母亲对于马克思主义的偏见,也是来源于弘道会里那些所谓的博士、伯爵等人散布的各种华而不实的鬼话。

母亲是变得保守了,但相比于吃斋念佛,整天把国体挂在嘴边的行为确实更符合她那强势的性格。

我一边让她注意不要过度劳累,一边把她打发回去了。当我踩着松松垮垮的草鞋穿过来时的那条走廊时,主任说话了。

"啊,这世间太多事真是够讽刺的。"

"……"

"你母亲关心你说了那么多话,结果你们之间反而更加不和睦了。哈哈哈。"

"……"

进了牢房,我又陷入了自己的思绪中。现在的情况就是越来越多的中层阶级家庭以各种形式被分裂、破坏了,而敌人却无比精明地从中挖取一切自己可以利用的地方开始进行打击。

"哎呀!吓死人了!"

坐在我对面的一位女招待忽然叫出声来,她拿衣服袖子挡住脸，蜷起身子。我也吓了一跳，骤然回过神来。

"怎么了？"

"因为……你刚刚一直用一种可怕的眼神盯着我的脸……"

"噢，是这样吗？"

我忍不住笑了出来。我思考的时候确实会无意识地盯住某一个地方，并不是在看某个人的脸抑或是墙壁什么的。

牢房里的三个女人睡得正熟时，突然牢门被很粗暴地打开了。

"走，进去，快进去！"

我听见看守不耐烦地喊着，隐约感觉到他们在门口推搡着什么。我闭着眼睛仍然能感觉到昏黄的灯光，又听到了隔壁牢房也被打开的声音。似乎有人进来了。我心里这样想着，稍微挪了挪自己的身体空出一点位置，然后又继续睡觉了。（被关在看守所的时间长了，除了某些特殊情况，根本不会在宝贵的睡眠时间去关心被抓进来的新人，只会觉得有点吵。）

第二天一早,昨晚被抓进来的那个年轻女人整个人缩在角落里,她用一块湿手帕紧紧地捂住自己的脸颊,头发被剪成了一绺一绺的。正在整理被褥的女招待突然稍微嫌弃地说了一句:"那个人,伤得挺严重呢。"然后急匆匆地将自己那发臭的被褥抱了出去。那个人面容瘦削、苍白,言谈举止并不一般,我直觉她应该是左翼运动相关人士。

"受伤了吗?"

"……"

她不作声地点了点头。我走到她身边一看,才发现她的伤非常严重。我不假思索地问道:

"是被他们打的吗?"

她再一次点头默认,悲伤的眼里泛起一丝微笑,雪白的单衣前襟上已是血迹斑斑。

"怎么了?"

她艰难地动了动口舌,向走过来察看的看守要求道:"请帮我叫个医生吧。"

"快要化脓了……牙龈和侧面的肉都脱落了。"

"还不是怪你自己不知道吞了些什么东西。"

"请帮我叫医生吧,麻烦了。"

"我去问问。"

她赤着脚来到我身边坐下，担心地问我：

"他们不会要我吃泻药吧？"

我压低了声音问她：

"你吞了什么？"

"银箔纸包的一小块东西……我跟他们一口咬死自己没吞东西来着。"

昨晚她与现被关进第二牢房的那个男人一起工作到深夜十二点，刚准备睡觉的时候，四五个警察直接一窝蜂地闯进了房子里。那些警察一进门就看到女同志一口将什么东西塞进了嘴里，连忙冲过去将其扑倒，拳打脚踢。其中一个人甚至还试图将手杖捅进她嘴里给她催吐，毫无人性。

"市电的行动才刚刚开展起来，太可惜了。"

每次看守所的门一打开，她就站起来看着那边。

"工厂里肯定也开始抓人了。"

自从今年一月份在广尾的罢工行动被东交的筱田、山下等人出卖之后，市电元气大伤，现在又要对抗"非常时期"政策，内部动荡不安。

果然如她所言，中午的时候就有两个梳着整齐的头发、穿着售票员制服的年轻小伙子被关了进来。一个在给看守报自己的住址和姓名时，另一个悄悄地看了一眼这边，似乎在交换什么信号。那个女同志依然是拿块湿手帕捂着自己半边脸颊，她站在铁栏旁，看到那两个小伙子被安排进了不同的牢房。

"多可惜啊，这两个人明明都是×××车库的好员工。"

那天看守所里的人数相对较少，看守的脾气似乎也平静了许多。昨晚上被一起抓来的那个男同志自来熟地跟看守聊起了国家铁路公司员工的工作情况，借机向女同志传递一些必要的信息。女同志认真地听着他们的谈话，对男同志十分信任，"呵呵，在说那件事儿呢。"

傍晚，我被带到二楼。一名叫"西片"的特高警问我：

"昨晚那个女人怎么样了？"

"伤势很严重，从早上就一直没有进食。"

"如果她想吃点什么软的东西请尽管告诉我。昨晚确实有点太过分了。"

原来就是他将手杖捅进女同志的口中，让人家受了那么严重的伤!

回到看守所后,我立即跟那位女同志说:

"你让他们给你买些面包和牛奶吧,泡着吃的话应该可以下咽。"

"就这么办吧——麻烦帮我买一下。"

看守托着下巴坐在小桌子边,漫不经心地说了句:

"得问一下才行。"

"刚刚楼上才叫我代为转告的,没问题的。"

"有钱吗?"

"有吧,问楼上要。"

看守这才懒散地站了起来,喊了声杂役。

三天后,工会的那名男同志被转押到月岛警署去了。

看守对留在这里的女同志说:

"没想到,你还是个鸽子(联络员)呀,真是了不得。"

"只是个鸽子。"

她依旧用湿手帕捂着脸颊,安静地笑了两声。

在这期间,我跟她也聊了许多。

"进来的时候真没想到你还在这里,我以为你早就出去了……"

"没办法,只能既来之则安之了。"

中川审讯我关于资金的问题后不久,主任跑来跟我说了一件事。

"噢,说起来在你家抓到的那个帝国大学的学生,刚来这里的时候也是宁死不屈呀,可到最后,不还是认输了。"

我颇为冷淡地哼了一声。

"对那种大人物,做了彻头彻尾的清算也算是历史少有了,我们也大吃了一惊。"

"……"

六十多天没沐浴,随便一摩擦,脚上的白色死皮就纷纷掉落在卫生纸上。我在跟那名女同志说"既来之则安之"的时候,主任的话却不经意间浮现在脑海里,让人徒添烦闷。因为不交代所谓的资金问题,他们威胁我说关个半年都不一定能放我回去。我隐约感觉到那个学生或许与这个资金问题有所联系,但是我终究毫无线索。所以,不管是谁、在哪里、被清算了什么,我都一无所知。除了现在这样我也没有其他的办法了。

女同志对我说:"中央厅的家伙,每次一看到我就说你怎么又来了,都已经开始厌烦了。"

据说之前有一次她刑满释放后,警察直接去到车站把她推上了回家乡的火车。她之前是铁道医院的优秀模范护士,还在日本大学的夜校上过课。

"在那里的时候成天听老师讲一些不着边际的社会学知识,内心总感觉不应该是这样,所以就开始来这边活动了,"她继续笑着说,"一旦自己实际去做了,马上就感觉之前那些都太愚蠢了。你说对吗?"

我们也聊到了小组的话题。文化团体的小组活动因为是在新的方针下实施的,时间还不长,且未与工会的各类宣传活动等有机地结合起来,尚不能发挥出真正的功效。

"你们的活动日程里,有没有将这个问题也列入讨论的范围呢?"

"这个嘛,"女同志想了想,说,"每个人都不一样,也不是所有人都想到了这个问题。"

她接着又直率地说道:"倒是有人常常奚落般地说一句'噢,文化团体啊!'"

不过,在交运关系方面已经有几个单位成立了小

组,我笑着问她:

"怎么?你已经知道了吗?"

"不知道噢。"

"我认为到现在为止我们吃的亏已经够多了,如果再这样继续带着偏见互相敌视下去,高兴的应该只有那些家伙吧。"

"这么一想,确实让人生气。"

"是吧!"

我们就这样不停地聊着。说话间,我透过牢房的铁栏往左手边的拉窗外望去,看到榉树翠绿的嫩叶上挂满了晶莹剔透的雨珠,重重地垂了下来。

我一进门,就看到一个人的侧脸,顿时吃了一惊——那是前段时间见过的那位在地下铁路公司工作的姑娘的父亲。

"情况就是这样——我担心她是不是已经丧了命啊,拜托您,帮帮我吧!"

我在一旁的桌子边落座,拿起那份报纸查看。

"不是……哎呀——这就麻烦大了。"

主任还是那副嘴里发酸似的腔调,他伸手拢了拢灰色西服上衣的前襟，说：

"怎么回事……她跟平时有什么异常吗？"

"那天晚上跟平时没什么两样，我们对她的看管一点也没敢懈怠。她洗完澡就上了二楼，我们看着她进房后就也去里屋了……没想到——过了两三分钟突然就看到她跑出去了。"

——我几乎能体会到那时她在自己的父母犹如监狱般的看管之下的心情，甚至能想象出胖乎乎的她咬着嘴唇朝父母发脾气，随后又自我消沉下去的模样。

我在旁边听他们说着，觉这姑娘不会就这么死了，但也想象不出她会下定决心抛下父母，跑到以前一起罢工的好朋友那里开启新生活。毕竟，她是那样一个温柔、善良的姑娘。

听说她的父亲还强硬地进入了她以前的工作单位去质问她的下落。

"我跟他们说，虽然都是一样地被开除了，但看在她还年轻的分上，至少也给条活路吧。公司的人虽然也跟我道歉了……但是……"

这位小商人风格的父亲已然不复往日的风采，他的衣服稍显凌乱，露出里面的衬衫，始终沉着肩膀。

尽管仍旧态度谦卑,但今日我却在他身上看到了一种不一样的反抗感。

主任问了许多问题。不过通过他的神情我就知道,他根本没把这件事放在心上。旁听的我,顿时感到这位父亲的态度实在令人着急,一团怒火仿佛在我胸中燃烧。为何不直接干脆地问他:"凭什么杀掉我的女儿!"为何不拼尽全力去反抗呢?

最终还是什么问题都没解决。主任打着官腔说了一句:

"那么——这样,我先做一个报告交上去看看。"

"先做个报告",短短几个字就回应了那位父亲不尽的谨小慎微和滔天怨恨,而说话的人却始终不痛不痒。

"怎么样?"他走后,主任立即转过来,对我说,"听到这些,有何感想?"

"我觉得你们越发令人憎恨了。"

"嗯——我也十分憎恨你们。把那么年轻的小姑娘骗去罢工,这谁干得出来呀?"

"罢工的时候,那位父亲并没有来请求警察帮忙制止。是公司要求的。警察也不过是为公司尽了犬马之劳，对吧？那位父亲的真实需求只是——带回自己的女儿。"

说到这里我便不再开口，认真地读起报纸来。然而，我的内心却久久地停滞在了某一处。

那是前天的事了。从早上开始天气就十分阴沉，一直下着蒙蒙的小雨。看守所里变得潮湿不已，脏臭的草席也黏糊糊地紧紧贴着脚底。下雨的日子里，看守所就像是一座被淋湿的鸡舍。三点左右，我又被传唤了。我踩着湿漉漉的草鞋来到二楼，这次看守竟径直将我带到了高等警察办公室对面那间铺有榻榻米的房间。我走进去一看，母亲居然倚坐在靠窗的那面墙壁边。她似乎坐得并不舒服，身前叠放着茶青色的雨衣。领我过来的人说了声"再见"，就走出了门。虽说是在门外，但门并没有关上，那人就站在门边。我坐下来，问道：

"发生什么事了？这么恶劣的天气里您还过来……"

母亲沉默了一会儿，对我说：

"就算是这样的天气，我也不能一直窝在家里呀。"

——我已经多年不曾从母亲那里感受过爱意，几乎快要忘记。此刻母亲给予的关怀却犹如温暖的热气将我紧紧包围。

"谢谢您,是我对不起您。"

"是我这个母亲做得不称职。"

"好了好了,如今经历了这么多事,咱们什么也别说了。"

我拉着母亲的手,看到她的戒指稍微有一些歪了,伸手将其扶正。从二楼的窗户往外望去,可以看到成列的被雨水打湿的银杏树、打着伞脚步匆忙的路人、电器商店橱窗上装饰的暖橙色的遮帘等,一种充满生机的、珍贵的美就这样毫无保留地展现在从昏暗、脏臭的地方走出来的我的眼前。

终于,母亲也将视线投向了室外,她小声地询问我:

"刚才那个人,现在在哪?"

"就在那里。"

母亲在和服外面只穿了件单褂,她的双手放在身体前悄悄地动着,示意我到她身边去。我一点一点挪着膝盖靠近她,感到自己身体开始发热,脸也渐渐红了起来。难道,母亲是从外面为我带来了等待已久的消息,才特意在今天赶来见我吗?——我紧紧地贴着

母亲,假装为她整理衣襟,一边小声问她:

"什么事?"

"你,"她抬头盯着我的脸,"为什么……"她挪动身子又靠近了一点,"为什么不说呢?"

我诧异地瘫坐下来,注视着母亲那白皙的面容。

"说什么?"

"你说说什么!"她焦急地皱起眉头,"已经有两个人坦白了。警视厅的人说了,只要你把自己做过的事情都说出来,再给他们赔个罪就可以放你回去。"

我的脸上依然发烫,浑身却开始颤抖起来。

"你来就是为了说这个吗?"

"怎么一副那么可怕的表情……你好好想想……"

"……"

她的声音越来越低,语气却依然沉重地跟我说:

"他们都说了这也是为你好,你只要……"

我感到一种本能般的憎恶淌过了我的全身,甚至再也无法将目光从母亲那张近乎愚蠢的、把卑劣当作光荣的脸上移开。

"我、没有、出过、那笔、资金!"我几乎想把那将我母亲当作木偶操纵的当权者的脖子掐断,"明白了吗？我、没有、出过！"我紧紧贴在母亲耳边，一字一句地告诉她。

"母亲，您知道您现在在扮演什么角色吗？间谍啊，间谍！对方就是利用你们这种什么都不懂却囿于钻营的父母。清醒一点吧，拜托您了……"

门边传来一声咳嗽。我离开母亲的身边，但始终盯着她的脸，问：

"明白了吗？"

母亲面带不快地将头转向一边，不解地眨巴着眼睛。

她在袖子中摸索着，掏出一条手帕哭了起来。但我十分清楚，那绝不是什么后悔抑或是歉意的眼泪。

母亲离去后，主任招呼了我一声：

"过来歇歇吧。"

"怎么了？"

"哼。"

"哼？这是什么意思？"

"……"

不经意间，我看到审讯桌上摆着一本六月刊的《无产阶级文学》。我连忙将其拿起来翻阅。我看到了第五次大会的照片，照片虽然不甚清晰，我却清楚地看到江口同志一袭白领，像往常一般佝偻着身子站在讲坛上，会议上人头攒动。卷头上写着论文的标题——《暴力镇压的意义以及我们应当如何反击》。我贪婪地浏览着每一个字。上面讲述了以藏原为首的许许多多的同志不屈不挠的斗争，甚至还有我自己的名字。读着读着，我不禁落下泪来。他们不配看见这眼泪。我坐在椅子上慢慢转过身子，将背部对着主任。

这实在是令人难以相信的事实。有一个男人落到他们手中，提到了作家同盟中的一位同志提供了资金的事。资金，没错，就是一直在说的那笔资金。

两天之后，文件终于整理好了。

中川眯着眼睛看向我，"怎么说，你也该下定决心了吧……"他放下钢笔，点燃了一支烟。

"这是决定你能否回去的答案，想好了再回答。"

晚上七点左右，在安静的、脏污的高等警察办公室，只有一名当值警察在一旁的小桌子上写着什么。

中川问我，是否可以发誓今后绝不再参加任何非法活动。

"我无法做出这样的承诺，"我强硬地回答了他，"合法与非法的界限，是由你们随意判定的，我无法预知。"

我告诉他，作为一名马克思主义作家，我会始终为合理的文化建设而奋斗。

"嗯……"他抽着烟，时而停下看看自己记录下来的文字，"这里不能换个说辞吗？"

他抖了抖烟灰，指着马克思主义作家那一句话。

"不能。"

"这样吗？"

"有什么不允许的吗？"

他撇了撇嘴唇："马克思主义作家说到底不就是党员作家吗？"

"我说的就是字面意思上的，马克思主义作家。"

中川沉默了一会儿，用前面的牙齿叼着烟，眯着眼睛，两只手撑起文件理了理。

他说："我也不知道你这样能不能回去。但你既然这样坚决也没办法了——对我来说，反正也没什么差别。对吧？哈哈哈。"

他笑起来，露出了长期吸烟导致的变得乌紫的舌头。

自此以后我再也没见过中川，对于自己是否真的能回去也并不清楚。看守所的时钟在午后转动得尤其缓慢，盯着它看时，一种焦躁席卷了我的全身。这是全新的体验，我恍然醒悟，难道这种焦躁也是敌人的计划之一吗？

六月二十日，我拿起一张报纸阅读，却没忍住发出了惊喜的叫声。我的脸变得通红。十九日，日本无产阶级文化联盟扩大中央会议召开。虽然被立即解散了，但他们却勇敢地进行了对文化团体来说史无前例的示威游行。报纸上大篇幅报道了相关情况，还刊登了筑地小剧场的会场陷入混乱的照片。警视厅特高警部的山口打伤了一名明治大学学生的头，报纸上详细报道了山口站在椅子上举起手杖，疯狂地殴打一名无辜学生并致其晕倒。字里行间，处处透露着民众的愤怒和警方的狼狈。

"终于还是听到了最后的悲鸣。"主任偷偷地瞧着我那张兴奋而灿烂的脸,这样说道。

"……"

我没有理会他,一心沉浸在那篇报道中。

六月二十八日。整整八十二个日日夜夜的关押后,我恢复了自由。

〔一九五一年三月〕

杏之若叶

杏の若葉

"哎呀！钟怎么停了？"

听到母亲的声音，阿缝抬起头，看了一眼那座古朴的挂钟。

"还真是。"她嘟囔了一声。

"也不知道是从什么时候开始不动的，真没办法！阿缝，你这年轻人还不去看看！"

"妈妈你别唠叨，我耳朵都快长茧了……哎！你听，这不是还在嘀嗒嘀嗒嘛！"

那是一个宁静的午后，阳光从杏树的嫩叶间洒落，投下斑驳的影子。

"快去拧下发条试试！"母亲喊道。

阿缝搬出来一把被煤烟熏黑的大脚凳，咯吱咯吱地踩在上面，去调老钟的发条。刚准备下来的时候，看到画着西洋花的玻璃罩子里，那根金色的钟摆又停了，阿缝只好又试着拧那根螺丝，但发条似乎已经拧到头了,根本动不了。用手指推了推钟摆,它果然动了起来,但还没过一分钟就又停下了。

阿缝站在脚凳上,朝着正在切核桃的母亲喊道:"这个钟修不了了。"

"怎么了?"母亲问。

"完全不动,应该是坏了。"

母亲不慌不忙地用折断了尖的装订锥挖着核桃里的果实。"不可能,"她站起身来,严肃地说,"这座钟挂在家里可得有二十多年了,怎么可能突然就坏了呢?你下来,让我看看。"

母亲是个连小学都没去过的妇人,比起至少拥有高小学历的阿缝,她更不会摆弄机械,只是徒有一身力气,一个劲儿地转螺丝。

"哎呀不行,妈妈,要是发条断了可就糟了。"阿缝连忙喊道。

"这可怎么办?没有钟可不行啊。这样,阿缝,你跑一趟去阿清家,他肯定在。那孩子有点技术,前阵子谁家的留声机坏了,他一下子就修好了。"

阿缝听到这话虽然有些不开心,但还是脱下了工作服,走小路去了北面的清二家。清二正坐在家门口打麦秆，他看到阿缝来了，点了点头傻傻地笑着打招呼。

阿缝有些赧然地回了下礼。她平日里是个能说会道的人，但是面对清二这样出了名的聪明伶俐、头发梳得一丝不苟的体面男人，而且还是一个哑巴——阿缝真的不知道该怎么跟他交流。

清二的母亲用手指简单地比画了几下，向他传达阿缝的来意。清二用眼神向母亲示意了一下，好像在问："是说去这个孩子家里吗？"阿缝用力地点了点头。清二瘦削的脸上又露出了笑容，他做了个手势。

清二母亲解释道："手头的工作马上就结束，做完就去你家。"

"好的，麻烦您！"阿缝连连点头。

她飞快地跑出了清二家的杉篱，到小路上后才放慢步伐，优哉游哉地走着，她想幸好清二没跟她一起回来。阿缝也听说过清二今年春天从草鞋铺逃出来的事，并且很同情他。草鞋铺老板不给清二同样的工钱，还逼他跟生病的人睡在一张床上，清二很讨厌他，就回家了。但是清二父亲以为他是任性，清二自己又说不清楚，所以父亲亲自拽着他，接连两次把他送回了草鞋铺。直到第三次的时候清二流着泪哀求，才成功地留在了家里。说不了话实在是太艰难了，阿缝每次见到清二都觉得他很可怜，虽然无法说出口但是心里一直这样认为。哑巴是听不见声音的，然而阿缝掌握的唯一的交流方式只有说话，所以无论她想说什么，都没有办法传达给清二。

尽管心里面想了许多，但在清二家时阿缝只一味沉默，甚至没有等清二一起来自己家，实在太不好意思了。

十五分钟之后，清二就来到了阿缝家，他身上系着一根粗粗的羽二重[1]兵儿带[2]。

"啊……呜……呜……"他嘴里发出一些声音，然后坐在了炉子旁边。

阿缝母亲果然一头雾水，她就像对待正常人一样，一边说着"今天天气不错呢"，一边给清二倒茶。清二喝了一口，然后立马指着已经卸下摆在地上的老式挂钟。阿缝母亲一下子就领会了他的意思。清

---

[1] 一种细致柔软的纯白纺绸。
[2] 原文作"兵儿带"，是男人或小孩系的用整幅布捋成的腰带。

二手指纤长,轻易地打开了后面的盖子,摆弄着里面那些结构复杂的机械,然后他看着旁边的阿缝和阿缝母亲,把一个不明物体放在手掌上,擦了擦。

"啊,啊啊。"清二支吾着。

他像是要打开发条的什么东西。

"什么?阿清想要什么东西?"阿缝母亲疑惑着。

阿缝突然明白了:"妈妈,油!是发油!"

她连忙拿出了一小瓶山茶油,清二看到后高兴极了,他接过瓶子,又开始找别的东西。阿缝绞尽脑汁地想着,竟然还真猜中了清二想要的东西——纸。清二往机械各处滴了一些油,随后,古钟竟然真的恢复了工作。

"啊,好了!太谢谢你了,快坐下休息一会儿!"阿缝母亲开心地招呼着。

老式挂钟再一次发出了规律的令人欣喜的嘀嗒嘀嗒声。阿缝舒了一口气,她等待着母亲赶紧给一点谢礼好好犒劳一下清二,然而母亲只是满足地对修好的挂钟看了又看,三个人顿时陷入了尴尬之中。阿缝正准备去拿炉子里的火筷时,突然,一边望着外头一边抽烟的清二,也伸出手拿了一根火筷。

他先是写了一个"明"字,然后和阿缝确认了一下眼神,才继续写起来。

"明天,去镇上,买,机械油。"

阿缝母亲忙站起身掏钱,说:"哦!是吗?"阿缝想了一下,像和朋友玩在背上写字的那个游戏一样认真,一笔一画地写了一行字。

"阿清,机械,很,厉害。"

〔一九二六年六月〕

图书在版编目（CIP）数据

时时刻刻／（日）宫本百合子著；甘瑶译. — 北京：文化发展出版社，2024.4
ISBN 978-7-5142-4209-6

Ⅰ.①时… Ⅱ.①宫… ②甘… Ⅲ.①中篇小说－小说集－日本－现代②短篇小说－小说集－日本－现代 Ⅳ.①I313.45

中国国家版本馆CIP数据核字(2024)第054142号

时时刻刻

著　　者：[日]宫本百合子
译　　者：甘　瑶

出版人：宋　娜	责任印制：杨　骏
责任编辑：孙豆豆	责任校对：岳智勇　马　瑶
特约编辑：陈理理	封面设计：李果果

出版发行：文化发展出版社（北京市翠微路2号 邮编：100036）
网　　址：www.wenhuafazhan.com
经　　销：全国新华书店
印　　刷：河北朗祥印刷有限公司

开　　本：787mm×1092mm　1/32
字　　数：158千字
印　　张：10.75
版　　次：2024年4月第1版
印　　次：2024年4月第1次印刷

定　　价：77.00元
ＩＳＢＮ：978-7-5142-4209-6

◆　如有印装质量问题，请电话联系：010-68567015